花見弁当

料理人季蔵捕物控

和田はつ子

時代小説文庫

角川春樹事務所

本書は、時代小説文庫（ハルキ文庫）の書き下ろし作品です。

目次

第一話　花見弁当

一

江戸の春は桜の花見で盛り上がる。

この日、季蔵《としぞう》は店の仕込みを三吉《さんきち》に任せると前日に言い置いていた。柚酒《ゆず》を使って、肴《さかな》を二品拵《こしら》えるためである。

季蔵は日本橋は木原店《きはらだな》の一膳飯屋《いちぜんめしや》塩梅屋《あんばいや》の主《あるじ》である。

季蔵は元の名を堀田季之助《ほったとしのすけ》といい、主家の嫡男に許婚《いいなずけ》を横恋慕された上、奸計《かんけい》によって詰め腹を切らされる羽目に陥ったが、どうにも、承服できずに出奔した。

刀を質に入れるまでに一月とかからず、食うや食わずとなって、市中を彷徨《さまよ》っていたところを、初代の塩梅屋主長次郎《ちょうじろう》と出会い、勧められて、料理人になったのである。

その長次郎も今は亡い。

――みんな逝《い》ってしまう――

春だというのに、心の中の空洞には寂しい風が吹きつけている。

とっくに彼岸は過ぎていたが、季蔵には、自分一人だけで供養したい相手がいた。

——武藤《むとう》さん——

季蔵が料理上手な浪人武藤多聞《たもん》と出会ったのは、去年の春のことであった。

武藤は身重の妻のために、料理や掃除、風呂焚《ふろた》き、病人の付き添い等のよろず仕事を請け負っていて、臨時雇いでもかまわないからと売り込んできたのである。

武家に生まれながら、市井《しせい》に生きる運命となった者同士だからだったのか、いつしか、二人は心を近づけていた。

——これほどの友愛を感じた相手は今までにいなかった——

季蔵は馥郁《ふくいく》とした香りの柚酒で、鶏《とり》と豚肉の料理を作り始めた。

——この肴で酒を酌《く》み交わすことができたら、どんなによかったろう——

季蔵は浅い鉄鍋《てつなべ》を火の熾《お》きている竈《かまど》にかけた。

鶏肉の柚酒焼きから始める。

鉄鍋に菜種油を熱して、鶏もも肉の皮を下にして、八分どおり、かりっと焼く。裏返し、少々の柚酒をふって仕上げておく。

ちなみに柚酒とは、柚を米のとぎ汁に一晩浸して、汚れを取り、水洗いして水気とへたを取った後、厚い輪切りにして、氷砂糖を加えた麦焼酎《むぎじょうちゅう》に漬けて熟成させたものである。

同じ鉄鍋で、柚酒から取り出した厚い輪切りの柚の両面を強火でさっと焼く。その上に仕上げておいた鶏もも肉を一口大に切って並べる。

皿で供する時は、これに柚酒で作るタレをかけ回す。このタレは焼き汁に柚酒と薄口醬油《しょうゆ》を加えて煮詰めて作り、食べる直前にかけるのがミソであった。

今日は重箱で持ち運ぶので、作ったタレは竹筒に詰めた。

次に豚肉の柚酒煮に取りかかった。

豚肉は三枚肉の塊を深鍋に入れ、かぶるくらいの水を加えて中火にかけ、沸騰したら生姜《しょうが》の薄切りを入れて、半刻《はんとき》（約一時間）ほどコトコトと煮る。

串《くし》が通るほどになったら引き上げて、約一寸三分（四センチ）角に切る。

煮汁が冷めたら、固まった脂を捨て、汁は漉《こ》しておく。

角形に切り揃《そろ》えた豚肉を鍋に入れ、漉した煮汁と柚酒、醬油、塩を入れ、四半刻（約三十分）ほど煮込む。

煮汁が半分になったら柚酒の柚を刻んで加え、こっくりと馴染《なじ》むまで煮上げる。

これも重箱に詰めた。

茣蓙《ござ》を丸めて背負い、二段になった重箱を風呂敷に包んで手に提げ、大徳利二つにそれぞれ、地酒の濁酒と下り酒の清酒を満たして、腰に提げた季蔵は、銀杏《いちょう》長屋を後にした。

目的の場所が見えてきた。土手の上がふわーっと薄あかね色の雲に包まれている。

霊岸島は、今、三日前から咲き出した桜が満開であった。

霊岸島は埋立地で、地盤がくにゃくにゃしていることから蒟蒻《こんにゃく》島とも言われている。幕府は地盤を固めるため桜を植えた。人々が花見に来ることで地盤が踏み固められると考えたのである。墨堤と同じ図式である。

土手は花見客たちで溢《あふ》れている。

茣蓙が敷かれて、しきりに、酒が酌み交わされ、肴を詰めた重箱に箸《はし》が伸ばされている。

「極楽だ、極楽だ」

「いいねえ、花見は――」

真っ赤な顔で浮かれている者たちもいれば、

「正月に死んだおっかあも桜を楽しみにしてたよ」

「うちのかかあもさ、死んでもう十年は経《た》つが、桜を見るたんびに思い出しちまう」

しんみりと盃《さかずき》を傾ける輩《やから》もいる。

――わたしはしんみりの方だな――

季蔵は賑《にぎ》わいから離れた場所に茣蓙を敷いて陣取った。

風呂敷を解いて重箱の蓋《ふた》を開ける。

――武藤さんともっと料理勝負をしたかった――

料理上手だった武藤とは良き競争相手でもあり、烏賊《いか》料理で優劣を競ったこともあった。

季蔵は竹筒のタレをたっぷりとかけた、鶏肉の柚酒焼きの方へ箸を伸ばした。

――柚酒と鶏肉や獣肉《ももんじ》を合わせた料理を課せられたら、わたしなら、迷わず、これを作るだろう――

今日の料理は、季蔵が勝手に想定した、亡き武藤との料理勝負の続きでもあった。

——これの醍醐味《だいごみ》は、焼き汁の旨味《うまみ》に、柚酒の香りを利かせたタレと、皮付きで焼いて、旨味を閉じ込めた鶏肉の相性に尽きる。さっぱりとした旨味ながら、少しも物足りなくないはずだ——

ぎゅっと詰まった、旨味という旨味を嚙《か》みしめた季蔵は、心の中でにやっと笑った。

——これに合う酒は——

酒と合わせてこそ、花見であり料理である。

——柚酒は強くて甘みのある麦焼酎で作るから、これを使った料理には、野趣豊かな濁酒でもいいのだろうが——

さっぱりしていながら、満ち足りる鶏の柚酒焼きには、洗練された清酒の方がいいような気がすると考えていると、

「ワン」

一匹の犬が近づいてきて吠《ほ》えた。

驚いたことに、犬の後ろにぞろぞろと人がついてきている。

——これはいったい——

箸を止めて当惑していると、

「ワン」

犬はまた鳴いた。

どうということもない、白い毛並みの雑種の大型犬である。雄であるにもかかわらず、赤い綱を首輪代わりにしている。

やや垂れ目の優しい目をしていた。

「おかげ様」

「こいつはおかげ花見の犬だよ」

「そうともさ」

――なるほど――

おかげ参りとは、霊験《れいげん》あらたかな伊勢参りのことである。

このおかげ参りを飼い犬に代行させることもあり、遠路を歩いて、伊勢参りを果たす犬は、特別な使者として崇《あが》め奉られた。

――重病人や事情のある者は、伊勢参りだけではなく、花見さえできないこともある
――

「どこの犬です？」

季蔵は大真面目《おおまじめ》に訊《き》いた。

すると、どうっと笑いが谺《こだま》して、

「ただの犬だよ」

「おかげ様はちょっと前にみんなでつけた名だよ」

「おかげ花見も洒落《しゃれ》さ、洒落」

——これだから、江戸っ子たちには敵《かな》わない——

季蔵は苦笑いして、

「たいした人気者ですね」

とろんとしているように見える犬の目を見つめた。

「犬のくせにこれが強くてね」

一人が盃を傾ける仕種《しぐさ》をした。

「うちの犬なんて、正月に屠蘇《とそ》を舐《な》めさせただけで、へべれけになっちまったよ」

「近所の犬は晩酌につきあわせたとたん、動けなくなって死んじまったそうだ。犬に酒は死神みてえなもんのはずなんだが——」

「だから、こいつは頼もしくてね」

「うれしいじゃねえか、好きな酒をつきあってくれる犬がいるなんて——」

「仲間、仲間」

「俺たち、みーんな、花見仲間だよ」

人々は桜と酒に酔いしれている。

「ワン」

おかげ様がまた鳴いた。

おかげ様の目は季蔵が摘《つま》みかけて止《や》めた、鶏肉の柚酒焼きにじっと注がれている。

「実はこの肴のタレには柚酒が使われています」

「それでここへ来たんだな」

一人がぱんと手を打ち合わせ、

「悪いがそいつを食わしてやってくれねえか」

もう一人が有無を言わせぬ口調で言い放った。

「それでは――」

季蔵は懐から手巾《しゅきん》を取り出し、鶏肉の柚酒焼きを一箸のせようとしたが、

「けちくせえことすんなよ」

「そうだ、そうだ」

「おかげ様だぞ」

男たちの声に押され、季蔵は重箱の中身をすべて、広げた手巾に移すと、おかげ様の前に突き出した。

おかげ様はぺろぺろと濃厚なタレを舐め、鶏肉をゆっくりと味わっていたが、

「ワン」

食べるのを止めて、徳利の置いてある方へ首を傾けた。

「おかげ様がこの肴に合う酒を御所望じゃ」

一人が芝居がかった物言いをして、

「いいぞ、いいぞ」

盛んに囃《はや》し立てられたおかげ様は、応《こた》えるかのように、ちょろりと小さく尻尾《しっぽ》を振った。

二

「酒と言われても――」

季蔵が二つある徳利を見比べていると、おかげ様は清酒の入った大徳利の首の紐《ひも》を咥《くわ》えて、しきりにぐいぐいと引っ張った。

――犬は人よりもよほど嗅《か》ぐ力が優れているはずだから――

濁酒と清酒の風味の違いをすでに嗅ぎ取っているものと思われる。

季蔵は清酒の入った徳利の蓋を取って、持参してきた重箱と対になっている、会津塗《あいづぬ》りの小皿に垂らして、まずは自分で確かめた。

口の中には、先ほどの鶏肉と柚の旨味の余韻が残っている。

――やはり、思った通り――

清酒のさらりとした後口が、肴の旨味を小粋《こいき》に引き立たせている。

で、何に注《つ》ごうかと迷っていると、

「これでどうだい」

男たちの一人が土器《かわらけ》を差し出してきた。

季蔵は清酒を土器に注ぐと、

「さあ――」

おかげ様を促した。

おかげ様の舌は土器と手巾を交互に舐め取っていき、飲んで食べ終えると、

「ワン、ワン、ワン」

満足そうに三度吠えた。

「おい、聞いたか？　三度だぜ」

花見客たちの酔眼が輝いた。

「おう、たしかに聞いたとも。こりゃあ、てえしたもんだ。俺たちがやる肴じゃ、ワンは
たった、一度きりだったもんな」

「酒がいいのか、肴がいいのかってえ――」

一人は小唄《こうた》の節回しをしてみせる。

「べらぼうめ、酒も肴もいいんだよ」

「俺は酒だと思うぜ。酒の前には一度吠えただけだった」

「いや、酒と肴で合わさって、ワン、ワン、ワンなんだよ」

「ワン、ワン、ワンか――」

「いいねえ、ワン、ワン、ワン」

「俺もおかげ様になりてえよ、いい酒、美味《うま》い肴、ワン、ワン、ワン」

周囲がおかげ様の吠え声をしきりに真似《まね》ていると、

「ワン」

おかげ様は残っている重箱の方へ首を傾けた。

「どうやら、これも御所望のようです。さっきのものと同じように、柚酒を使った料理ですので」

季蔵は一瞬、武藤の供養にと、ここへ足を運んだことを忘れた。何やら、楽しい気分である。

「食わしてやってくれねえか」

「ともあれ、おかげ様なんだ、縁起犬だぜ」

「わかりました」

季蔵は、豚肉の柚酒煮を詰めた重箱に一箸つけた。

——柚酒をたっぷり使って煮込んだ豚肉はとろとろと柔らかく、漬けた柚の香りが何とも清々《すがすが》しくかぐわしい。目を閉じると、柚の橙《だいだい》色が春の日だまりと重なって見える。武藤さんが好んで作って、隣り近所にふるまいそうな、素朴で飾り気がなく、温かな料理ではないか？——

知らずと季蔵は、この料理を武藤なら——と思って作っていたのだった。

——あの世でも料理をしていてほしい——

「どうぞ」

季蔵は重箱に蓋をすると、重箱ごとひっくり返して豚肉の柚酒煮をすべて蓋にのせ、おかげ様の方へ押しやった。

おかげ様は、くんくんとまずは中身を嗅ぎ、ぺろりと一舐めしてから、大徳利の置いてある方をじっと見据えた。

「ああ、うっかりしました」

季蔵は迷わずに濁酒を供することにした。

おかげ様に飲ませる前に自分が一啜《ひとすす》りして、

——間違いない——

これでよしと確信した。

柚酒がたっぷりと使われている豚肉の柚酒煮には、どっしりと舌に重い濁酒がぴったりと合う。

おかげ様の突き出した顎《あご》は、また、重箱の蓋と濁酒の入った土器の間を、ゆっくりと行き来した。

鶏肉の柚酒焼きの時もそうだったが、おかげ様のその姿は、餌《えさ》にありついた野良犬が、がつがつと食べている様子とはほど遠く、むしろ、優雅に食を楽しんでいるかのようだった。

そして、

「ワン、ワン、ワン、ワン」

おかげ様は、何と四度も満足の吠え声を上げたのである。

「今度は四度だ」

「すげえもんだ」

「よほど、酒も肴も味がいいんだろ」

ごくりと唾《つば》を呑《の》む音がそこかしこで聞こえた。

「いいねえ、おかげ様は」

「羨《うらや》ましいよ」

重箱の中味を食べ尽くしたおかげ様は、最後にきちんと座ると、

「ワン」

礼を言うかのように季蔵に向けて一吠えすると、その場から去って行った。

「おかげ様ぁ」

「待ってくだせえよぉ」

いっせいに花見客たちが追いかけて行く。

おかげ様は満ち足りたのだろう。

走り出したおかげ様の姿は、あっという間に、追いかける人たちを引き離して見えなくなってしまった。

――思った通り、柚酒使いの料理でも、武藤さんに負けてしまった――

季蔵は久々に愉快な気分になった。

烏賊勝負で武藤が丁寧に仕込んだ、想像を絶する塩辛の美味さに、圧倒されたことをなつかしく思い出した。

――そもそも、柚酒を使った料理で、武藤さんに勝てるはずもないのだが――

季蔵が料理に使った柚酒は、武藤の妻邦恵《くにえ》が長屋に残していったものである。

邦恵は甲州《こうしゅう》の富士川沿いにある柚問屋柚屋惣兵衛の御新造であったが、子授け観音に祈願に行く途中、人買いに襲われたところを、通りかかった武藤に助けられたものの、あまりの惨事に、記憶と言葉を無くしてしまっていた。

そんな邦恵を見捨てることができずに、武藤は周囲には夫婦を装い、出産も見届けたのである。

武藤の遺言には、柚を達者に使いこなす邦恵は、記憶と言葉を取り戻しかけている、柚商いを手掛かりに探して、赤子と共に帰るべき場所へ送り届けてほしいと書かれていた。

真の夫と再会した邦恵は、今は、あるべき幸せを取り戻しているはずだった。

――この柚酒には、邦恵さんの武藤さんへの感謝が込められている。邦恵さんは二つの命を救ってくれた武藤さんを一生忘れないだろう。武藤さんなら――と思いついて作った豚肉の柚酒煮に、おかげ様が軍配を上げて、精一杯の供養の良き立役者になってくれた――

武藤の死にたまらないものを感じ続けていた季蔵は、久々に胸のつかえが下りたような気がした。

ほっと息をついて、しばらく濁酒を飲んでいた季蔵が、

――昼酒は回りが早いから用心しないと――

手にしていた盃を伏せたところに、

「塩梅屋さん」

声が掛かった。

「これはつばめ屋さん」

鬢《びん》にちらほらと白いものが目立つようになった、五十歳近い小柄な男が首をすくめていた。

つばめ屋は塩梅屋の隣りで長い間、煮売りの商いを続けている。声を掛けてきた主の名は米七《よねしち》で、女房はま寿《す》、十五、六歳になる一人娘は桃代《ももよ》という。

隣り同士なので、顔が合えば必ず挨拶《あいさつ》はする。その程度のつきあいであった。

「実はさっきの騒ぎを見てやしてね。大変でしたね。ったく、酔っ払い連中ときたら、犬の勝手を煽《あお》って、大騒ぎするんだから敵いませんよ」

米七は空になった重箱に見入った。

「腹が空《す》いてねえか？」

言われてみれば、昼餉《ひるげ》にするつもりだった料理は、二箸、口にできただけである。

「大丈夫です」

応えたものの、ぐうと腹の虫が鳴いた。

「握り飯は店の残り物なんだが、田楽《でんがく》はここの屋台で買った。がっちり屋の女房には、煮売り屋のくせに他所《よそ》で買って、無駄をしたと文句を言われるに決まってるが、〝田楽の味《み》噌《そ》へ擂《す》りこむ桜花〟なんてぇ、川柳を思い出しちまって――。一緒にどうかい？」

米七は竹の皮の包みを掲げて見せた。

「ありがたいです、お言葉に甘えて――」

季蔵は重箱を片付けて米七の座る場所を拵えると、早速、米七が分けてくれた握り飯を頬張《ほおば》った。

「うわっ」

季蔵が思わず歓声を上げたのは、中に入っていたのが梅干しでもおかかでもなく、甘辛味の魚肉だったからである。

「美味《おい》しいですね、いったい、何です、これは？」

問い詰めるように訊くと、

「鮪《まぐろ》のきじ焼きを芯《しん》にしたものだよ」

米七は淡々と応えた。

「なるほど、この旨味は鮪だったのか――」

感心している季蔵を尻目に、

「鮪は梅干しやおかかより安いから、三品以上買ってくれたお客さんには、おまけでこの握り飯をつけるようにしてるんだ。たしかに美味いが俺は食べ飽きたよ」

米七は渋い顔を、手にしている鮪のきじ焼き入りの握り飯に向けた。

「芯のきじ焼きに唐辛子《とうがらし》を利かせても、また違った風味が味わえそうです」

季蔵の声が聞こえなかったのか、米七の目は大徳利をじっと見つめ続けている。

「花見に酒は欠かせませんね」

季蔵は二種の酒が残っている大徳利二つと、盃を米七に渡した。

「どうぞ」

「いいのかい？」

「わたしは存分に飲みましたので」

「それじゃ、こうしよう」

米七は手にしていた握り飯を季蔵に渡すと、大徳利の蓋を取り、おかげ様のようにくんくんと嗅ぎ分けてから、

「まずはこいつから」

濁酒の方からぐいぐいと呷《あお》り始めた。

三

「何か、心配事でもおありなのですか？」

思えば、隣り同士で顔を合わす時の米七とは、朝夕の挨拶のほかには、

「今年もつばめが来た」

「昨日、わたしも青空高く飛んでいる姿を見ました」

「つばめのおっかさんは忙しそうだ」

「子つばめが大きな口を開けて待っているのですから――」

「そろそろ、子どもたちも一人前だ」

「今にも飛びたちそうに頼もしく育ちましたね」

「旅立っちまった。道中、危ない目に遭わねえといいが――」

「無事を祈りましょう」

「まだだろうかね？　今年は？」

「あと十日の間には来ますよ」

などと、毎年、店の軒下に巣を作るつばめの話ばかりであった。

そのため、米七の店は本当は、よね屋という屋号なのだが、いつしか、つばめ屋と呼ばれるようになっている。

――今まで、お隣りさんとは話らしい話をしたことがなかった――

塩梅屋は居酒屋、つばめ屋は夕刻には店を仕舞う煮売り屋とあって、商いは棲《す》み分けられていたし、とりたてて、話さなければならない理由《わけ》などなかったのである。

「季蔵さんは独り身だろう？」

「ええ」

「独り身には子を持つ親の心配はわからねえよ、特に娘となるとな――」

「桃代さんのことですか？」

米七、ま寿の一人娘である桃代は、内気で無口な上に、お世辞にも器量良しとはいえなかったが、ぷっくりと丸く赤い頬に娘らしい愛嬌《あいきょう》を滲《にじ》ませていた。

「年頃なもんだから、おま寿の奴がうるさく言うんだよ」

「そろそろ――」

「そうだよ、うちは娘しかいねえし、桃代は玉の輿《こし》に乗れるような器量じゃねえから、婿をとってもいいんだが――」

「どなたか、似合いの方がいるのですか？」

「うちを贔屓《ひいき》にしてくれてるお客さんの紹介で、富岡八幡宮参道の団子屋の三男坊が、うちの婿になってもいいと言ってくれたのさ」

「それは何よりで――」

「何よりなもんか、これが揉《も》め事の始まりだよ。料理屋まで奮発して、桃代に引き合わせたんだが、気に入らねえの一点張りで――」

「桃代さんはいったい、相手のどこが気に入らなかったのでしょう？」

「相手の男の顔が福笑いみてえに、とっちらかってるおかしな様子だから、嫌だってえんだ。たしかに、そいつはあんたみたいに男前じゃあねえが、働き者で通ってるし、気は良さそうだ。男は顔じゃねえ。女房子どもを食わせることができりゃ、それでいいんだよ」

季蔵は黙って頷《うなず》いた。

米七は先を続けた。

「正直、俺もおま寿も普段大人しい桃代がこんないい話を断るなんて、互いに面の皮を引っ張り合いたくなるほど、信じられねえ想《おも》いだった。そもそも、桃代だって別嬪《べっぴん》とは口が裂けても言えねえ器量なんだしね。俺たちは夫婦して呆《あき》れちまったんだ。福笑いのそいつを婿にすれば、ずっと俺たちと一緒に暮らせるってえのに、何を考えてるんだか――」

「桃代さんには意中の男《ひと》がいるのではないかと――」

「意中の男ねえ――」

米七は首をかしげて、

「岡惚《おかぼ》れの片想いは意中とは言えねえだろうが――」

「相手が気づかないだけかもしれません」

「それじゃ、言うが、桃代はずっとあんたのことが好きだったそうだ。気がついてたかい？」

米七は眉《まゆ》を上げた。

「すみません」

季蔵は首を横に振った。

「謝らなくていい。これはもう済んだことなんだから。おき玖《く》ちゃんとあんたが裏庭に出て話しているのを、たまたま、おま寿が聞いてて、あんたには長患いのお相手がいるとわかり、桃代に言い聞かせ、やっと諦《あきら》めさせて、やれやれだった」

おき玖は塩梅屋の初代長次郎の忘れ形見であり、季蔵の元許婚の瑠璃《るり》は、あまりに酷《ひど》い運命の仕打ちを、乗り越えることができずに、長く果てしない心の病に冒されていた。

「今、桃代が熱を上げてるのは、呉服問屋鹿嶋《かしま》屋の手代だ。名は長助《ちょうすけ》ってんだ。何でも、この長助さんは、小僧たちに腹いっぱい奉公先の賄《まかな》いを食べさせたくて、自分はいつも、腹六分くらいにしているんだそうだ。だが、一日中、主の使いで市中を回った帰りは、どうにも腹が空いて空いて、店まで歩き通せそうもなく、うちに煮売りを買いに立ち寄ったんだとか――。そんな相手を一目見て、桃代はぽうっとなっちまったんだよ。たしかに長助さんは、芝居の立ち役になれそうな男前だ。多少、あんたにも似ているんだろう。以来、桃代はせっせと長助さんのところへ、好みの菜を届けてる。相手が礼を言ってくれるから、自分を好いてると思い込んでるのさ。とんだ片想いだってえのに――」

「そんな思い遣《や》りのある人柄ならば、桃代さんの一途《いちず》な想いが通じて、この先、片想いでなくなるかもしれませんよ」

「そんなことあるもんか」

　言い切った後で、米七はいきなり、ぴしゃりと頭を平手で叩《たた》いた。

「いけねえよな、可愛《かわい》い娘の不幸を願っちゃ」

「そうです」

「けどなあ――」

「お二人共、桃代さんを手放したくないのですね」

「まあ、そうだ。親の勝手だけどな。おま寿も俺も、桃代だけじゃなしに、あいつが産んだ孫たちに囲まれて往生してえって思ってたんだ」

「長助さんが婿になって、つばめ屋を継いでくれるということも考えられます」

「長助さんが奉公してる鹿嶋屋は呉服問屋だ。暖簾《のれんわ》分けってことになっても、持つ店は、古着屋とかの呉服関《かか》わりだろ？　手間ばかりかかって稼ぎの薄い煮売り屋なんぞ、見向きもしねえはずさ」

——一理はある——

「でも、桃代さんさえ幸せになれるのなら——」

「実を言うと、俺はしょうがねえ。桃代の笑顔が見られるんなら、それもいいかって思い始めてるんだよ。だから、桃代が毎日のように、売り物の菜を持ち出しても文句は言わずにいる。恋路の手助けだよ。ぴいぴいうるさいのはおま寿の方でね。桃代が売れ残りを持って出るまでは、にこにこしてるのに、いなくなったとたん、俺に、男は食べ物に弱いから、何とかして止めないと、桃代は自分たちから離れて行ってしまう、そのうちに、長助に盗《と》られてしまうって、泣いて騒ぐんだよ。今日も桃代が昼の残りを持って出たとたん、おま寿の頭に鬼の角が立ったようでな。俺の見る限りじゃ、長助さんにその気があるか、どうかもわからねえってえのに。いい加減嫌気がさして、飛び出してきちまった。憂さ晴らしに花見酒を飲みてえとこだ」

「どうぞ、こちらも」

季蔵は清酒が入った大徳利を手渡した。

「それじゃ、こいつをあんたに」

米七は露店で買った味噌田楽の串を差しだした。

その味噌田楽は大きめの角形に切った豆腐を竹串に刺して、焦げ目がつくまで焼き、砂糖と酒、味醂《みりん》で練った味噌ダレをかけただけのものであった。

この時、すーっと風が吹き、咲いている桜の花が舞い落ちて、季蔵が手にしている田楽の味噌の上に載った。

「おっ、〝田楽の味噌へ摺りこむ桜花〟、どんぴしゃじゃねえか」

米七の丸い目が輝いた。

「きっと、いいことがありますよ」

季蔵の言葉に、

「どうか、桃代を長助さんと添わせてやってください。桜の神様、花見の神様、この通りです」

米七は桜の花びらが載った味噌田楽に向けて両手を合わせた。

「わたしからもお願いします」

季蔵は米七に倣った。

「おかげで今日はいい願い事ができたよ。ありがとうな」

よろよろと立ち上がりかけて、倒れかかった米七を助けた季蔵は、茣蓙を巻き上げて、花見を終《しま》いにすることにした。

「少し飲み過ぎた。おま寿に叱《しか》られちまう」

「一緒に帰りましょう」

「いいんだよ、あんたはまだ――」

「とっくに、八ツ（午後二時頃）が過ぎています。わたしも息抜きはこのぐらいにしないと――」

支度を調えた季蔵は、米七を抱え支えながら、木原店までの道を歩いた。

「桃代ぉ――桃代ぉ」

上機嫌の米七は時折、娘の名を叫んだ。

季蔵には、その声が泣いているようにも聞こえて、

――これほど親は子を案じるものなのだ――

何としても、桃代の想いが長助に届くようにと改めてまた祈った。

四

「お隣りさんのつばめ、もうそろそろかしら？」

つばめの飛来を心待ちにしているおき玖に、

「実は――」

季蔵は米七から聞いた桃代の話をした。

「わかるような気がする。桃代ちゃんの気持ち――」

おき玖は意味深長に頷いた。

「あたしも一人娘でしょ。おとっつぁんだけでおっかさんいないし。桃代ちゃんぐらいの

年齢《とし》になった時から、ずうっと、おとっつぁんが年を取って、働けなくなった時のことを考えてた。桃代ちゃんだって、米七さんたちの先々を考えていないわけじゃないんだと思う。でも、それと想う相手のことは別、両親《ふたおや》のために恋心を捨てるなんてできゃしないのが、年頃の娘ってものなのよ。ただねえ――」

語尾を引いたまま、おき玖は勝手口へと歩いて、裏庭へと出て行った。

季蔵は手招きされた。

隣りで、偶然、聞き耳を立てていたおま寿が、瑠璃と季蔵の縁を知り、桃代に告げた経緯《いきさつ》は話してある。

「鹿嶋屋の長助さんって、たいした人気なのよ。知ってた？」

おき玖は季蔵に話しかけてきた。

「わたしは噂《うわさ》に疎い方ですので」

「たいした人蕩《たら》しらしいわよ。男前だから、さもありなんなんだけど、女はみーんな参ってしまうらしい。娘さんのいる食べ物屋が狙《ねら》いなのよ。あたしの知る限りじゃ、甘酒屋の岡田屋さん、和菓子屋の甘房庵《かんぼうあん》さん、お汁粉屋のつる善《よし》さん。娘さんたちは、軒並み、長助さんに店の売り物を貢いでるらしいの。常日頃、下働きの人たちに食べ物を譲ってるから、いつもお腹《なか》を空かせているっていうのが、ウリなんだそうだけど、実は貢がせた食べ物を割り引いて、他の奉公人たちに売って稼いでいるっていう話もあるのよ」

「それ、本当ですか？」

思わず、念を押した季蔵に、

「本当よ。女って、食べ物絡みで、男が弱いところを見せると、つい、母親みたいな気持ちになって、何とかしてあげなきゃって思いがちでしょ。そこにつけ込んでるのよ。そのうち、あたしがいるここへも顔を出して、何かしら、せびり盗《と》ろうとするかもね。聞いてみたいもんね、色男の泣き——」

おき玖はさらに声を大きく張った。

「その時はわたしが——」

「そうだった、塩梅屋《うちち》には季蔵さんがいてくれたんだったわね。ああ、よかった」

そこまで話したおき玖は厨《くりや》へ入り、季蔵も続いた。

「これできっと、桃代ちゃんも、甲斐《かい》のない片想いを止められるわ。福笑いの顔みたいだけど、篤実な相手のことを考え直して、米七さん、おま寿さんをほっとさせてくれるかも。いいじゃない？　顔なんて、気にしなくても。大事なのは心だもの——」

おき玖は言い切り、

「長助さんがそんな男だったとは——」

季蔵はため息をついた。

「さて——」

おき玖は土間に置かれている瓶を見据えて、

「ただのお酒なら、放《ほう》っておいてもなくなるけど、柚酒じゃあねえ——」

首をかしげた。

武藤の長屋に残された柚酒を瓶ごと塩梅屋に持ち帰ったものから少々を、季蔵は竹筒に移して自分の住まいに持ち帰り、鶏の柚酒焼きや豚肉の柚酒煮を仕上げたのである。

「たしかに料理に使うとなると、柚酒はなかなか減りません」

「おとっつぁん、柚の汁は血のめぐりがよくなるんだって言ってたわ。血のめぐりがよくなると、病気になりにくくなるんでしょ。これ、南茅場《かやば》町に運んで、瑠璃さんに飲んでもらってはどうかしら？」

「あいにく瑠璃は酒が飲めません。柚だけならいいのですが――」

季蔵は首を横に振った。

「卵酒も？」

卵に砂糖を混ぜて漉し、熱燗《あつかん》の酒を加えたものが卵酒で、風邪の特効薬の一つとされている。

「あれは酒を煮立てるので、そこそこ酒分が飛びますから、少量なら大丈夫です」

「それなら、これで舐め柚を作ったらどうかしら？」

「舐め柚？」

「味噌を肴代わりにする、舐め味噌にあやかるの」

こうして舐め柚作りが始まった。

樽《たる》の中から、麦焼酎にたっぷり漬かった輪切りの柚が、八割方取り出される。

その種を取り除き、薄く切り刻む。そして、平たい大鍋にざらめ糖と刻んだ柚を入れて、水をひたひたに注いで、弱火でコトコトと煮ていく。

半量ほどに煮詰めたら出来上がり。粗熱が取れたところで器に入れて保存する。

指と舌で一舐めしたおき玖は、

「思った通り、美味しい‼」

目を細めた。

続いて、匙《さじ》で味わった季蔵は、

「素晴らしい味です。これなら、きっと瑠璃も喜ぶでしょう」

舐め柚のついた瑠璃の人差し指と、笑顔を思い出そうとしたが、

――昔の生き生きとしていた頃の瑠璃なら、指で舐めたりもしたろうが、今は――

匙や箸で舐め柚を口にする瑠璃の様子が、どうしても、頭に浮かんで来ない。

使いから戻ってきていた三吉は、小皿に盛ってせっせと舐め続け、

「ん、もう、こいつは病みつくよ」

歓声を上げた後、

「おいら、これもイケるんじゃないかと思う」

舐め柚を湯呑《ゆの》みに取って、沸かした湯を注いだ。

「なるほど、柚茶か」

季蔵は得心がいった。

――瑠璃にもそのまま舐めるだけではなく、柚茶にして勧めてみよう――

「この方が沢山、舐め柚をお腹に入れられるしね」

三吉は片目をつぶって見せ、

「柚茶もいいけど、ここにあるだけなんだから、大切に味わってちょうだいよ」

おき玖は少々文句を言ったが、

「おいら、くず餅《もち》や白玉にも合うと思うな。麩《ふ》の焼きの味噌と胡桃《くるみ》なんかをこいつに換えてもいいかも――」

菓子好きの三吉の夢は膨らみ続けた。

麩の焼きは水溶きした小麦粉を薄く丸く焼き、刻んだ胡桃、けしの実、砂糖を加えた赤味噌を芯にしてくるりと巻いたもので、千利休も好んだとされている。

翌日、季蔵はこの舐め柚と、大徳利に詰めた柚酒を手にして南茅場町へと向かった。

瑠璃の世話をしてくれているのは、長唄の師匠のお涼《りょう》で、そこへは北町奉行烏谷《からすだに》椋十郎《りょうじゅうろう》が通ってきている。柚酒はこの二人のためであった。

途中、背後に気配を感じた。

――何なのか？――

何度も振り返ったが、誰も尾行《つけ》てきてはいなかった。

――気のせいか？――

それでも気になったのは、季蔵が料理人以外の仕事を兼ねているからだった。

常に危機感がある。

外出をする時には懐に匕首《あいくち》を呑んでいる。

塩梅屋の先代主長次郎が急逝した時、通夜に訪れた烏谷は、長次郎について、料理人は表の顔で、実は配下の隠れ者でもあった事実を季蔵だけに告げた。

この先、塩梅屋を継ぐのは、隠れ者としての仕事もこなすことだと念を押されたのである。

時には相手の命を奪う仕事ではあったが、熟慮懊悩《おうのう》の末、季蔵は覚悟を決めた。以来季蔵は文字通り、烏谷の懐刀であった。時折、烏谷がふらりと店を訪れるのは、生まれもっての食い道楽だけが目的ではなかった。

——やはり、おかしい——

振り返った季蔵は、しばし、後方を睨《にら》み据えて立ち尽くしていたが、

——こちらが隙《すき》を見せれば動くかもしれない——

近くに生えている、大きな松の木の根元に腰を下ろした。

——そうだ——

思いついて、大徳利の蓋を取ってみた。

——これぞ、隙の極み——

懐の匕首を押さえた時、

「ワン」

一吠えあって、白い犬が駆け寄ってきた。

――何とあの時の犬だ――

白い毛に赤い綱の首輪、優しい垂れ目、犬は紛れもなく、花見の時のおかげ様だった。

おかげ様は千切れんばかりに尾を振りながら、大徳利を手にしている季蔵にまとわりついてくる。

よしよしとその頭を撫《な》でながら、

「この酒に釣られてきたのだろうが、今日のところは諦めてくれ。またな」

立ち上がった季蔵が再び歩き始めると、すぐに犬の姿は見えなくなった。

おかげ様に追いつかれると厄介なので、早足で歩き続け、こぢんまりとした二階屋の前に立った。

五

「よくおいでになりました」

お涼の背筋はいつでもぴんと伸びている。渋い薄鼠《うすねずみ》の着物姿に、粋でありながら、凛《りん》とした気品が滲み出ていた。

「お裾《すそ》分《わ》けです」

季蔵は舐め柚と柚酒を手渡した。

「いつもありがとうございます。おや、柚が使われてますね、いい香りが――」

季蔵を家の中に招き入れたお涼は、

「瑠璃さんは縁側にいますよ。このところ、雨が降らない限り、毎日のように縁側に座っているんですよ」

「桜はもう散りましたが――」

お涼の家の庭には見事な桜の木があって、毎年、花を咲かせている。瑠璃は桜の花が好きであったが、

――すぐに散ってしまう桜の花と、はかなげな瑠璃の様子が似合いすぎている――

季蔵はこの取り合わせを凶と感じることもあった。

「行ってみればわかります」

お涼は厨へ入ってしまった。

季蔵は廊下を歩いて客間の襖《ふすま》を開けた。

縁側に座っている瑠璃の後ろ姿が見える。

――また、瘦《や》せた――

胸が痛くなった。

かかりつけの医者は、瑠璃のような病は食が細くなり、瘦せてくると命の火もかぼそくなりがちだと言っている。

死病の労咳《ろうがい》（結核）に罹《かか》りやすくなるだけではなく、流行《はや》り風邪等であっけなく逝ってしまいがちなのだという。

――今の時季でも風邪はひく。風邪をひくのを防ぐという柚で、是非とも力をつけさせたい――

季蔵はお涼に舐め柚は柚茶にしてくれと言うのを、忘れていたことを思い出して、襖を閉めかけた。

この時、

「おいで、おいで」

瑠璃の細いがうれしげな声が上がった。

右手が左袖《そで》に伸びて、饅頭《まんじゅう》が取り出される。

――何と――

白い犬が、あのおかげ様が瑠璃の前に行儀よく座っている。

瑠璃は掌《てのひら》の上に饅頭を置いた。

おかげ様が頬張る。

「よしよし、いい子ね」

瑠璃はおかげ様の頭を撫でている。

「おわかりになりましたか？」

盆を手にしたお涼が後ろにいた。

「瑠璃さん、いいお友達が出来たんですよ」

「あの犬がここへ？」

「ええ。ここの桜が盛りの頃、あの犬が迷い込んできたんです。その時は旦那《だんな》様もおられましてね、わたしの手料理で御酒を召し上がっていました。瑠璃さんも一緒でしたが、ぼーっと桜を見ていました。いつものように黙ったままです。旦那様は子どもの頃から犬好きだそうで、ご自分の好きな酒を犬にふるまったんです」

「あの犬は嬉々《きき》として盃を舐め尽くしたはずです」

　季蔵が先回りすると、

「まあ、あの犬を御存じで？」

「霊岸島で花見をしていて出逢《であ》いました。犬は酒が飲めないのが普通だというのに、たいした酒豪ぶりでした。名はおかげ様と言うのだそうです」

「伊勢参りをするおかげ犬にちなんで？」

「花見客たちが面白がってつけた名でしょうが――」

「うちではシロと呼んでいます」

「名がつくほど、始終、訪れるというわけですね」

「瑠璃さん、シロがお酒を飲む様子を見て、うれしそうに笑っただけじゃなく、毛や頭を撫でたりしたんです。〝可愛い〟なんていう、滅多に聞けない言葉まで洩《も》らして――。それで、わたしも旦那様も、瑠璃さんの特効薬はこれだと思いました。酒が好きなようだから、犬を酒饅頭で釣ろうということになりました。瑠璃さんが縁側に座る前に必ず、忘れずに買っておいた酒饅頭を渡すのです。瑠璃さん、シロに餌《えさ》をやるのが楽しくてならないようですよ。その時だけはとっても、明るい様子で、こちらまでうれしくなってきましてね」

「そのようですね」

季蔵は頷いたが、

——わたしの訪れよりも、シロの方がよほど、待たれているのかもしれない——

お涼は、一瞬、翳《かげ》った表情に気づいた。

「余計な計らいでしたかしら？」

「とんでもない、お気遣いいただいて、ありがとうございます」

季蔵は頭《こうべ》を垂れた。

「それでは、これを。久々の水入らずで」

お涼は柚酒を満たした湯呑みと、舐め柚の盛られた皿と箸が載った盆を、季蔵に渡すと奥に引っ込んだ。

——水入らずか——

季蔵はやや空《むな》しい想いで、お涼が何気なく口にした言葉を嚙みしめた。

——シロがいる以上、水入らずではない——

シロは犬で人ではないという考えは、もはや通用しない。今、瑠璃の心に灯《あか》りをもたらすことができるのは、自分ではなく、人ではないシロなのだと季蔵は思った。

——わたしは瑠璃に何もしてやれていないのではないか？——

もちろん、季蔵にも言い分はあった。

人は霞《かすみ》を食べて生きていけるわけではない。正気を失った瑠璃を万全に介抱しつつ、共に生きるには、烏谷の配下の隠れ者になるしか、道はなかったのである。

この時の決断を悔いてはいなかったが、手と手を携えて主家を出奔してさえいれば、瑠璃は無理強いされて側室になることも、主親子の死闘を目の当たりにして、正気を失うこともなかったと思っている。

――瑠璃の笑顔が見たい。わたしだけに向けてくれる、明るい春の陽射《ひざ》しのようだったあの微笑《ほほえ》みを向けてくれ――

「瑠璃」

季蔵は声を掛けた。

瑠璃が振り返る。

見知らぬ者に出逢った時のような、少々、恐れの混じった困惑顔である。

「季之助だ」

季蔵は武士だった頃の名を告げた。

どんな時でも、この名で瑠璃はほんの一瞬、正気を取り戻す。

「わたしの今の名は季蔵だ、季蔵なんだ」

何度言い聞かせても、今の名はどうしても覚えようとしなかった。

――瑠璃が思い出にしたいのは、幸せだった頃のわたしたちにすぎない――

それで仕方なく、どうしても、瑠璃の笑顔を見たくてたまらなくなった時は、過去の名を口にする。

「ああ、季之助様」

瑠璃の目がきらっと輝いて笑顔がこぼれ、こちらを見てくれたのはつかのまで、

「シロ、シロ」

シロに向けて愛おしそうに呼びかけた。

シロの方は季蔵が手にしている盆の方をじっと窺《うかが》っている。

──この呑助め──

季蔵はシロに八つ当たりしたくなったが、

──市中の花見も仕舞いになった。酒好きの変わり種の犬ともなれば、酒にありつく機会はそうあるものではないだろう。犬を恋敵に見なしたところで仕様がないし、何より、瑠璃の心を和ませてくれている──

思い直して、まずは瑠璃に舐め柚の皿を持たせた。

シロはごくりと生唾《なまつば》を呑んだように見えたが、座ったままでいる。

さらに箸を渡して、

「甘くていい香りだから、食べてみてごらん」

促すと、瑠璃は箸の先で摘んで口に入れ、

「美味しい」

笑みを洩らした。

シロの半開きの口からよだれが落ちてきた。

「シロにも？　いい？――」

瑠璃は季蔵を見た。

「そうだね」

季蔵が笑顔で頷くと、瑠璃は手にしていた皿をシロに向けて差しだした。

シロは花見の時と変わらずに、犬とは思えない優雅さで半分ほど平らげた後、まだ盆を手にしている季蔵の方を見た。

「これか？」

季蔵は柚酒の入った湯呑みを掲げて、

「こっちも所望したい気持ちはよくわかる。だが、ほどほどにしないと、命に関わるぞ。待っていてくれ」

シロに話しかけた後、

「お涼さん、ちょっとすみません」

厨で湯呑みの中身を、シロに与える盃一杯分を残して、三人分の柚茶に変えた。

「お涼さんもご一緒に縁側で」

「いいんですか？」

「瑠璃はシロに夢中でわたしなど眼中にありません」

この時の季蔵は、すでに、瑠璃に友達が出来たことを、心から喜ぶ気持ちになっていて、

「あら、あら、大変」

お涼はわざとしかめ面を作って見せた。

六

季蔵とお涼は、瑠璃がシロと楽しそうに遊ぶ姿を半刻ほど見て過ごした。

花見の時、シロは酒や肴を食べ終えると立ち去ったが、ここでは、舐め柚や柚酒が仕舞いになっても立ち去ろうとしない。

時折、尻尾を振りながら、瑠璃の手を舐めたり、膝《ひざ》に頭をもたせかけて甘えている。その様子は不思議に図々《ずうずう》しくない。温かい光景であった。瑠璃の冷たく閉ざされている心を、優しく労《いたわ》っているようにさえ見えた。

――意外に律儀なところのある犬だ。野良犬ではないのかもしれない――

季蔵は首の赤い綱は花見客が面白がって着けたのではなく、飼い主の好みなのかもしれないと思った。

「それではそろそろ――」

季蔵は暇《いとま》を告げてお涼の家を出た。

しばらく歩き進んだところで、

「ワン」

何とシロが物陰から現れた。

「また、おまえか？」

足を止めた季蔵が話しかける。

「ワン」

シロが力いっぱい尾を振った。

「そうやって先回りしていても、俺にはもう酒の匂いはしないはずだぞ」

舐め柚と柚酒は容《い》れ物ごと、お涼のところに置いてきている。

「だから、俺に用などないはずだ」

季蔵は再び歩き出した。

「ワン」

シロは諦めずについてくる。

「ついてくるのはおまえの勝手だ」

季蔵は無視して帰りの道を歩き続けた。

船具問屋の脇を通り過ぎようとすると、

「ワンワン」

シロが二度吠えて、季蔵の前に躍り出た。

「おまえと遊んでいる暇《よ》はない」

シロを避けてまっすぐ、木原店へと続く道へ進もうとすると、

「ワワワン」

季蔵は飛びつかれて着物の裾を噛まれた。シロはずるずると季蔵を引っ張って、進む道を変えさせようとしている。

「止めろ、止めてくれ」

季蔵はシロを振り放そうと必死になった。やむなく、シロの下腹を片足で蹴《け》り上げると、

「キャイーン」

悲鳴が上がってやっと裾が自由になった。

当然、飛びかかられて逆襲されるものと覚悟したが、シロは無念そうな目を向けているだけであった。

――思えば、この犬、瑠璃のいるあの家では決して吠えなかった。たとえ、好きな酒の匂いがしていても――

「よし、おまえの感心な心がけに免じよう」

季蔵はシロが変えさせようとしていた道へ曲がった。

「ワン」

シロは千切れんばかりに尾を振って、季蔵の後を歩いていたかと思うと、案内人は自分だと言わんばかりに前に出た。ちらちらと、後ろに季蔵がついて来ていることを、確かめながら歩いて行く。

「どこまで行くのだ？」

季蔵はシロに引っ張られて、霊岸橋まで来ていた。この橋を渡ると霊岸島である。

「おい。いい加減にしてくれ。そっちは店と逆の方向だ」

季蔵の焦《じ》れた声にも構わず、シロは霊岸橋を渡る。

「わかった。わかった。仕方ない。付き合おう」

橋を渡りしばらく行くと、

「ワン」

シロは富島町の古色蒼然《そうぜん》とした廃屋の前で立ち止まった。

元は立派な商家であったところが、店仕舞いの後、買い手がつかずに、大きな蔵ともども捨て置かれている。

「ここには人など住んでいない。目当ての酒などありはしないぞ」

季蔵が踵《きびす》を返して立ち去ろうとすると、

「ワンワンワンワン」

またしてもシロは吠えたてた。

「今度は四度か――」

シロが連続して四度吠えたのは、鶏の柚酒焼きと豚肉の柚酒煮の優劣をつけた時だったことを思い出して、

――この犬は呑助なだけではなく、意外に利口でもあったな――

「わかった、わかった」

季蔵は門を駆け抜けて行くシロの後を追った。

シロは踏み石を駆け走って蔵に辿《たど》り着くと、

「ワンワンワンワンワン」

初めて聞く五度連続の吠え声であった。

「ここに酒があるとでもいうのか？」

「ワンワンワンワンワン」

シロは懸命に吠えたてる。

蔵に錠は掛かっていなかった。

――空き家荒らしの盗っ人の仕業だろう――

季蔵が蔵の扉を開けるやいなや、シロは中に飛び込んだ。

季蔵も後に続いた。

もうしばらくで夕闇《ゆうやみ》に包まれるが、このときは何とか、薄暗い蔵の中が灯りなしで見えた。

「思った通りだ」

蔵には何も無かった。

冷たい土間の四方を漆喰《しっくい》の朽ちかけた壁が取り囲んで、がらんとしている。

「気が済んだろう？」

季蔵が言葉をかけたが、シロは鼻を土間にこすりつけたまま、ぐるぐると歩き回っては、

「ワン」

時折、訴えるように吠えた。

――酒の匂いでもするのか？――

「いいか、もうつきあってはいられない。俺は帰るぞ」

季蔵が戸口に向かいかけた時、土間の隅に鼻を突っ込んで後ろを向いていたシロが、尻尾を大きく揺らしつつ、遮るように季蔵の前に座った。

口に何か咥えている。

目は変わらず訴えている。

季蔵はシロが探し当てて、口に挟んでいたものをつかみ取った。

どうということのない木の切れ端である。清々しい杉の香りがする。

「お見事」

季蔵はシロを労《ねぎら》った。

「ここは元酒蔵だったのだろう。それで杉樽の名残りが落ちていたのだな」

杉樽に詰める酒は上等の下り酒と相場が決まっていた。下り酒とは初冬に上方から運ばれる、透明な清酒で、洗練された味わいに人気が集まっていたが高値でもあった。

「おまえの鼻が、遠くからでも、その名残りを嗅ぎ当てていたとはな。いっそ、シロやおかげ様ではなく、酒好き鼻とでも呼ぶことにするか」

季蔵は犬相手に軽口を叩いて、蔵の外へ歩いた。

「ワン」

シロが吠えた。

振り返ると、ついて来るものとばかり思っていたシロが土間の中ほどに蹲《うずくま》っている。

「そうか、おまえはここがいいのだな」

季蔵はそれ以上の無理強いはせず、一人で蔵を後にした。


翌日、季蔵はシロのことが気にかかった。

――あそこには餌はないはずだ。念のため、蔵の扉は開けてきたので、腹が空けば外へ出て探すだろうが――

仕込みを終えたら、様子を見に行こうと思っていると、昼前に、岡《おか》っ引《ぴ》きの松次《まつじ》が一人で訪れた。

「親分、今日はこれですよ、これ」

おき玖が柚舐めを使った柚茶の入った湯呑みを、さっと松次の前に置いた。

「おっ、いい香りだ」

松次は味見をして、

「甘さと極楽の匂《にお》いで疲れが吹っ飛ぶよ。それにしても美味い茶だね。どうやって作るんだい？」

季蔵はおき玖と目配せして、

「それは秘伝です」

笑いながら言った。

奈良漬けを食べても真っ赤になる松次は、下戸の典型で、甘酒も糯米《もちごめ》と麴《こうじ》の一辺倒、酒粕《かす》で作られたものは、決して、口にしようとしなかった。

「酒と聞いただけで、そばに女がいるわけでもねえのに、顔が火照《ほて》って、胸のあたりが苦しくなっちまう」

これが松次の下戸の弁である。

しかし、この柚茶となると、

「なるほど、秘伝か。それじゃ、なおさら、飲ませてもらうよ」

松次はふうふう息を吹きかけながら、ひたすら柚茶を飲み終えると、

「お代わり、もう一杯」

湯呑みをおき玖に突き出した。

「はい、はい」

おき玖は手早く、二杯目の柚茶を松次のために拵える。

松次がこれで酔ったりしないのはわかっている。そもそも舐め柚は酒気を熱で飛ばしている上に、同じように下戸の瑠璃の柚茶に倣って、入れる舐め柚の量を加減し、甘さは水飴《みずあめ》で足している。

「ああ、疲れた、疲れた。それにしても、よく効くねえ、これは」

二杯目の柚茶もまたたくまに飲み終えた。

「何か、お疲れのことでもおありでしたか?」

季蔵はさりげなく訊いた。

烏谷は市中の治安を預かる町奉行で、隠れ者とはいえ、その配下ともなれば、同心のお手先として働く岡っ引きがもたらす情報は聞き逃せない。

以前は訪れる烏谷に市中の事件について、初めて報《しら》され、命じられるままに動くことが多かった。だが、今では、大概のことは季蔵の方が先に知り得ていて、烏谷には、初めて聞くふりをする。

「そちも食えない奴になった」

烏谷は、もはや口癖でなくなるほど、この嘆息を繰り返してきていた。

七

「今日の朝早く、霊岸島の栄稲荷《さかえいなり》で酔っ払いの骸《むくろ》がでたんだよ」

「いい女と美味いもんを目の前にして、これからって時の丑《うし》三つ刻（午前二時頃）に起こされちまったんだ。まいった、まいった。それにまた——」

松次は先を続けかけて苦笑し、おき玖が気を利かした三杯目の柚茶を一啜りした。

「まだ、何か?」

「まだ、夜も明けてねえってえのに、亀吉《かめきち》親分まで直々のお出ましで、いやはや、まいったのなんのって――」

そこで松次は、霊岸島は川口町に住まう岡っ引き亀吉は、今は南町奉行所のお手先で、古くは自分の兄貴分であったのだと告げた。

市中での新しい訴訟は一か月交代で南町と北町が受け付ける決まりがあったが、人殺しなどの事件、捕り物についてはこの限りでなかったので鉢合わせすることもあった。

「それだけじゃねえんだよ。あの新しい伊沢《いざわ》の旦那まで一緒だったのさ」

新しい伊沢の旦那とは伊沢蔵之進《くらのしん》である。元は定町廻《じょうまちまわ》り同心の身分であり、島村《しまむら》蔵之進と名乗っていたが、筆頭与力だった養父伊沢真右衛門《しんえもん》が急逝した後、家督を継いでいた。

「南の旦那までが、出張ってんだ。すぐに田端《たばた》の旦那に報せて、年甲斐もなく、飛ぶように、栄稲荷まで走ったさ。そいつが、ちょい、堪《こた》えてるだけだよ」

松次は股引《ももひき》に包まれた両腿《もも》をさすった。

田端の旦那というのは北町奉行所定町廻り同心田端宗太郎《そうたろう》のことで、松次はこの田端から手札をもらい、お手先として働いている。

「人は夜、寝るもんでしょうに」

おき玖が労るような目を向けると、

「そこは北町の意地ってものがあらあな」

松次は口をへの字に曲げた。

「田端様は奉行所へお戻りになられたのですね」

田端と松次が一緒に立ち寄るのは、骸が殺しだと明白な場合で、下手人探しに難儀した挙げ句のことが多い。

──たぶん、骸は酔っ払いの行き倒れだったのだろう──

「亡くなったのは年齢のいった方でしたか？」

年配の酔っ払いは、長い間酒毒に身体《からだ》を蝕《むしば》まれてもなお飲むのを止めず、突然、肝や心の臓等が動かなくなって、骸になり果てることもある。

「いや、まだ三十路《みそじ》そこその手代で名は長助。大伝馬町の呉服問屋鹿嶋屋に奉公していた」

鹿嶋屋の長助と聞いて思わず季蔵とおき玖は目を見合わせた。

「そんな若い男が？」

おき玖は首をかしげ、

「とはいえ、死んだのは酒の飲み過ぎが因《もと》なのでしょう？」

季蔵は念を押した。

──そうでなければ、田端様もここに立ち寄り、むずかしい顔で下手人の見当をつけつつ、深酒をなさっているはずだ──

「間違えねえだろう。骸のそばに空になった大徳利が転がっていて、着ているものからはぷんぷん酒の匂いがしていたからな。大酒の食らいどころが悪かったのさ」

松次はうんと大きく頷いた。

「ああ、でも、長助さんって——」

おき玖は口を挟みかけて、季蔵の方を見た。

——どうか、話してください——

季蔵は目で促す。

おき玖は長助が女たらしだったという話をして、

「お金に換える貢ぎ物が目当てで、親しくしてたのは甘酒屋に和菓子屋、お汁粉屋、それに煮売り屋の娘さんたち。煮売りも卵焼きや甘辛味の唐芋の煮付けが好物で、かなりの甘党だって話よ。大酒飲みだなんて話、聞いてないわ」

「だが、娘たちに貢がせたもんは、売って銭にしてたんだろ。さんざん、せこい真似しながら、実は自分だけ、隠れて、好きな酒を飲んでたってことだってあるぜ。菓子や汁粉を食う一方で、卵焼きや甘辛味の煮付けを肴にする、両刀遣いの酒飲みだっている」

「そう言われるとそんな気もしてきたけど——」

おき玖は長助を下戸だと言い切る自信を失った。

「市中に酒が飲める犬がいるのだとわかりました」

あのシロなら、骸が酒飲みだったか、そうでなかったのか、判別できるのではないかとふと季蔵は思った。

——シロなら、どんな僅《わず》かな酒の匂いでも嗅ぎ当てられるだろう。着物を脱がせて裸にした骸の身体の中から、酒が匂っているのなら、酒で命を落としたことになる——

「それ、白い犬だろう？」

松次はにやっと笑った。

花見客がおかげ様と呼び、ある家ではシロと呼ばれているようだと告げると、

「亀吉親分もシロと呼んでる」

「あの犬は亀吉親分の犬だったのですね」

――思った通り、やはり飼い犬だった――

すると、松次はシロについて語り始めた。

「亀吉親分ってえのは、今年還暦だが一遍も所帯を持ったことがねえってえ、お役目一筋の筋金入りなんだよ。子犬の頃拾ってきたシロに餌をやって、一通りのしつけはしたものの、綱をつけたことなんぞ、一度もねえだろうな。親分の楽しみは酒で、これは江戸界隈《かいわい》の地酒の濁酒だ。それでシロはいつのまにか酒好きになった。ただし、シロは親分ほど頑《かたく》なじゃねえし、酒の味に通じちまった。勝手に出歩いて、下り酒の美味い清酒をちゃっかり、相伴《しょうばん》してくるようになってるが、親分は気にも留めてねえ様子だ」

「勝手に出歩いて楽しんで戻ってくるなんて、猫みたいな飼い犬ね」

おき玖が吹きだした。

「このシロは岡っ引き犬だと親分は言ってる」

松次はさらにシロの話を続けた。

「まさか、お役目を果たしているのでは？」

季蔵は訊かずにはいられなかった。

――だとすると、シロがあの蔵から出ようとしないのは、何か意味があることなのかもしれない。待てよ、長助さんが亡くなっていた栄稲荷と、蔵のある富島町は目と鼻の先だ――

「酔っ払いのコソ泥をシロが見つけ出したことがあったそうだ。シロの手柄はほかにも親分から聞いた。祭りの時、酒の勢いで喧嘩《けんか》になった火消したちに、飛びかかって止めたことがあったとか――。この時は祭りとあって、おおかたシロも振る舞い酒が過ぎていたにもかかわらず、止めるとは殊勝な振る舞いだと、亀吉親分はたいそうな自慢だった」

「残念、その話、どっちも、あたし、知らないわ」

おき玖が首を斜めに向けると、

「瓦版屋《かわらばんや》が書かなかったのは亀吉親分が怖かったからだよ。いくら酒好きでもシロは犬だ、うわばみじゃない。面白がって、酒を飲ませられちゃ、命に関わる」

「つまり、シロは酒と関わったお役目に限って果たせるということですね」

季蔵は話を元に戻した。

「そういうことになる」

「今日の朝、亀吉親分はシロについて何か、おっしゃっていませんでしたか?」

「酔っ払いの骸が出たってえのに、肝心な時に居ないんじゃ、役に立たねえとぼやいてた」

――シロはまだきっと、あの蔵の中にいる――

季蔵は急ぎ塩だけの握り飯を三個ほど拵えて、竹皮に包むと、柚酒を竹筒に入れ、前掛けを外した。

「親分にもいっしょに来てほしいのです。理由は道すがらお話しします」

季蔵は松次と共に店を出た。

その足はシロが居座っていると思われる富島町へと向かっている。

季蔵はシロを富島町にある廃屋の蔵に置き去りにした経緯を話した。

「あそこに酒の匂いが？　そりゃあ、ずいぶんとおかしなこった」

「酒屋ではなかったと？」

「あそこは、元は嵯峨《さが》屋《や》という名の大きな人形屋だったのさ。時流に押されて、商いが左前になって店仕舞いした折、蔵にあった人形は残らず叩き売られたはずだ」

「たしかにもぬけの殻でした」

「酒好きのシロは酒のあるところにしか居座らねえ。シロが酒の匂いを嗅ぎ違えるとは思えねえ――」

松次はしきりに首をかしげた。

二人は嵯峨屋の蔵に行き着いた。

蔵の前に立つと、

「ワン」

中のシロが吠えた。

急いで入ると、シロが松次めがけて飛びついてきた。

松次はシロの背中を撫でてやりながら、

「まあ、亀吉親分のところへ時折、顔出ししてるせいだろうよ。ただし、犬猫は可愛いが飼うのはご免だ。そこらじゅうに毛が落ちて、我慢ならねえ」

季蔵の耳に囁《ささや》いた。

意味がわかったのか、シロはすり寄る相手を季蔵に変えた。

「腹が空いたろう」

握り飯を与え、竹皮の上に柚酒を垂らしてやる。

シロはやはり、いつもと変わらず、ゆっくりと食べて飲んだ。

「これはもしかして、シロが睨んだ通りかもしんねえぞ」

くんくんと鼻を蠢《うごめ》かして、蔵の中のあちこちを調べていた松次が呟《つぶや》いた。

第二話　江戸っ子肴

一

「たしかに匂《にお》うよ、ここは。酒の匂いがする」

松次《まつじ》はごろりと冷たい土間の隅に横になった。

「俺は根っから下戸なんで、犬のシロほどじゃねえが、酒の匂いには呑兵衛《のんべえ》より鼻が利く。ん、酒が染みてるのはここいらだ。間違えねえ」

「わたしにも確かめさせてください」

季蔵《としぞう》は松次に代わってその場所に横たわった。

——ほんとうだ、微《かす》かに酒の匂いが残っている——

「ここは人形屋の蔵だったんじゃありませんか？　一時、酒屋さんが買い取って、また手放したのでは？」

起き上がって松次に念を押す。

「そんなこたあ、聞いちゃいねえよ。もう、何年も前に、嵯峨屋《さがや》が店仕舞いしたはずなのに、酒の匂いがするってぇことは、ここは騙《だま》し蔵だったてぇこったな」

「騙し蔵？」

「酒に限らねえ。米でも何でも、とにかく、そこそこ値の張るものを、安値で売ってやるとウソ八百を言って、相手をその気にさせて金を用意させて騙す手口だ。タチの悪い騙《かた》りだよ、騙り。酒の買い付けに試し飲みはつきものだから、この蔵には酒樽《さかだる》が積まれて、買い手に酒が振る舞われていたろうよ。ま、振る舞う酒だけは下り酒の極上だったろうが、後のはむらさめばかりだったはずだ」

むらさめというのは、市中で飲んで村に帰り着くまでに、醒《さ》めてしまう酒のことであり、可能な限り、水で薄めた清酒として軽んじられていた。

とはいえ、造った酒の量によって納めなければならない冥加金《みょうがきん》を少なくするために、醸造元で造られた清酒は、樽廻船《たるかいせん》、問屋、小売と順番に水で薄められていくこともあった。

ある程度までは、水で薄めても清酒の味は変わらないが、むらさめほどになると、さすがにバレてしまう。

「その手の騙りがここで起きていたと？」

「春ともなれば、初冬が旬《しゅん》の下り酒もそろそろ品薄になってくる。江戸っ子は年中、澄んだ下り酒に首ったけだから、そこに付け込んでの悪さだよ」

「番屋に届けは？」

「出したところで、まず金は返ってこねえな。こういう悪事は手が込んでて、騙されたと気づいた時には、悪党の姿形は煙のように消えちまってるもんなんだ。上物の下り酒の樽買いなんぞ、目の玉が飛び出るほどだろうに、騙された奴は泣き寝入りするしかねえ。気の毒に――」

――お上が取り締まることのできない悪事が、こんな卑近なところにあったとは――

落ち着かない様子で、そわそわと土間を廻《まわ》り続けていたシロが、

「ワンワンワンワン」

四度吠《ほ》え立てた。

季蔵の片袖《そで》を咥《くわ》えて出口へと連れて行こうとする。

「何かあるのかもしれません」

季蔵はシロに導かれるままに、蔵を出て歩き出した。歩くというよりも走っている。ついてくる松次は息を切らしている。

シロは雑木林の前で止まった。

季蔵の片袖から口を離すと、一目散に目的の場所へと走っていった。

季蔵は松次と共に後を追った。

「ワンワンワンワン」

「これは――」

柿《かき》の木の下に、巨漢が倒れて死んでいた。

胸と言わず、腹と言わず、なますのように切り刻まれている。

全身から酒が強く匂った。念のため、口元に鼻を近づけてみると、吐き気がしてきそうな匂いだった。

大男は首に手拭《てぬぐ》いを引っかけた人足姿で、かっと大きな目を恨めしげに見開いている。

「こいつなら知ってる。熊八《くまはち》ってえ名だが、酒熊と呼ばれている、ごろつきだ。酒が三度の飯より好きで、仕事についても長続きしねえ。そのうちに悪い仲間に引き込まれた。力だけは強いんで、酒を餌《えさ》に使い途《みち》があるってわけさ。けど、こんな死に方をするほど、悪い奴じゃあなかったんだがな――」

松次は熊八の骸《むくろ》に手を合わせ、季蔵も倣った。シロはもう吠えたてずに行儀良く座っている。

「長助《ちょうすけ》さんが殺された栄稲荷《さかえいなり》と、ここはそう離れてはいません。二人とも骸からは酒の匂いがしていました」

「たしかにあの蔵にも酒が匂ってた。けど、それだけで、こいつらが騙し蔵の張本人たちだったとは言えねえぜ」

「もしかしたら――」

屈《かが》み込んだ季蔵は、熊八の大きな両手をじっと見つめた。

そして、右手の太い中指の爪《つめ》の間に突き刺さっている、杉の木片を取り出して、自分の胸元を探り、

「これはシロがあの蔵で見つけたものです」

手巾《しゆきん》を開くと、昨日、取っておいた蔵の木片と合わせた。

「同じものですね。これで熊八の方は騙し蔵と関《かか》わっていたとわかりました。急ぎ、長助さんの骸も確かめさせてください。お願いします」

長助の骸はすでに番屋に運ばれていた。

松次は使いを遣《や》って、田端《たばた》に報《しら》せ、熊八の骸を戸板で番屋に運ぶ段取りをつけた。


番屋には驚いたことに、伊沢蔵之進《いざわくらのしん》がいた。

「今朝はご苦労だったたな。あの後、どうなったかと気になって――」

蔵之進は労《ねぎら》ったが、松次はにこりともしなかった。

「助《すけ》っ人《と》もいいものだと思ってな」

蔵之進はにこにこしている。

わかっていて、あえて、その場の空気を読もうとせず、我が道を進むのがこの男の流儀であった。

「第一、近えうちに与力様になろうってお人が番屋に出入りするなんて、聞いたことありやせん。南の方々に知れたら、旦那《だんな》は笑われますよ」

「笑われるのは憎まれるよりはよい」

こんな調子である。

長助の骸は土間に横たえられて筵《むしろ》を被《かぶ》せられている。

「少し見せてもらった」

蔵之進はまだ笑顔である。

「勝手に‼」

松次は居合わせている番太郎を一睨《ひとにら》みした。

「いや、見せてもらったのではない。わたしが見たいから見たのだ」

「いかがでしたか？」

すかさず季蔵は訊《き》いた。

「これを見つけた」

蔵之進は片袖から財布を取り出した。

「爪の間に挟まっていた。珍しいものゆえ、財布にしまっておいたのだ」

蔵之進の指は木片を摘《つま》んでいる。鼻に近づけて、

「杉と思われる」

――やはり、この二人は騙し蔵の本家本元だった――

「わたしも骸を見させていただきます」

季蔵は長助の骸に屈み込み手を合わせると、酒の染みた着物を脱がせ、連れてきていたシロに確かめさせた。

「ワン」

多少の残り香はあるのだろう、シロは一度吠えただけで、口元には近づかなかった。

「大酒が禍《わざわい》して死んだのならば、吐き散らしたものが見当たるはずだが、着物のどこにも付いていなかった。この男の死は酒のせいではない」

　蔵之進は言い切った。

「それでは何のせいなのでございましょう？」

　季蔵は訊かずにはいられなかった。

「飴《あめ》ではないかと思う」

　蔵之進は骸の顔に這《は》い上りかけている蟻《あり》を指さした。

「先ほどから、払っても払っても、ああして顔に上ってくる。どこから来るのかと調べたら、ほら、この通り、右袖に金平糖を入れていた」

　蔵之進は懐紙に包んであった金平糖数個を見せた。

「甘党の長助さんは栄稲荷で一休みする際、毒入りの金平糖を食べて命を落としたというわけですね。自分で毒入りを食べるわけは、まずないでしょうから――」

「長助も殺しだってかい？」

　松次は仰天した。

「ここまで手伝ったんだ。そっちもどうなっているのか、どうして、熊八という男の骸がここへ運ばれてくるのか、話してはくれないか？　両町奉行お二人も、親睦《しんぼく》の席で、南だ北だという縄張り争いは止《や》めて、力を貸し合うようにとおっしゃっていたはず――」

　蔵之進は興味津々である。

——そうは言ったって、こっちにも意地ってもんがあらあな——

松次は苦い顔で助けを求めるように季蔵を見た。

——俺からは言いたくねえよ——

そこで、騙し蔵については季蔵が話した。

それを受けて、

「杉樽の木片が共に爪に刺さってるところをみると、長助と熊八の二人で酒樽を運びこんだんだろう。金を一人占めしたくなった長助は熊八を殺し、その後、後悔して、毒入りの好物であの世へ逝《い》ったんだ。人を殺《あや》めちまうと、死ぬほど苦しんで生きていられなくなるのが、人ってもんだろうからな。やれやれ、これでやっと一件落着だ」

無理やり辻褄《つじつま》を合わせた松次は、ほうっと大きなため息をついた。

二

——長助があらかじめ、毒入りの金平糖を準備していたというのか？　これでは自分も死ぬと決めて、熊八を殺めたことになる。それほどの行いができる者が詐欺を働いたりはしないはずだ。いくら苦しまぎれでも、これでは無茶すぎる——

季蔵は蔵之進の方を見た。

目だけで頷《うなず》いた蔵之進は、

「騙し蔵を酒でやる場合、騙す酒売り側には、酒の蘊蓄《うんちく》を垂れ、売ろうとする酒を褒め千切る役、買い手と売り手の仲立ちをする役、酒樽を運び入れ、足がつかないように始末する、運び専門の最低三役の人が必要だ」

あえて長助、熊八の死因を言及せずに、松次に同意をもとめて、相手が頷くと、

「はて、もう一人はどこへ逃げ果《おお》せたのかな？」

ずばりと斬《き》り込んだ。

「そういや、騙し蔵で儲《もう》けた金も出て来てねえな。もう一度、骸を確かめやしょう」

松次は長助と熊八の着ていたものや骸をさらに丹念に調べて、

「やっぱり、ありやせんね」

蔵之進に相づちを打った。

「この事件の経緯を順序立てて話してくれ」

促された松次は、

「騙し蔵を企《たくら》んだ奴らは、まず、下り酒を買いたがってるカモを探したんでさ。そいつが見つかると、前から目を付けていた嵯峨屋の蔵に、薄めに薄めたむらさめか、天と地ほども値の違う、濁酒を幾つもの酒樽に詰めた。下り酒に見せかけるんで杉樽を使った。造り酒屋に化けた奴が、買い手に味見をさせて得心させるために、一樽だけ、本物の下り酒を詰めておいたはずでやす。金が支払われ、買い手は夜の闇《やみ》に紛れて、大八車を使って、酒樽を残らず引き取って行ったんだろうが、どっこい、味見の時に開けた酒樽を運ぶ時、中の酒がちょいとこぼれた。弾みで落ちた杉樽の木片もそのままになった。こいつとシロが

いなきゃ、騙し蔵をやられてたなんて、金輪際、誰も気がつかなかったでやしょうね」

苦い顔のままでいると、

「なるほど、シロは南の岡《おか》っ引《ぴ》き犬だったな。ともあれ、南が力を貸せてよかった」

蔵之進は朗らかに言い切ると、

「それでは」

立ち去りかけて、

「近いうちに立ち寄る」

季蔵に告げた。

この後、シロは松次が亀吉《かめきち》親分のところへと連れて帰り、何日かして、季蔵が昼賄《まかな》いにと、蒟蒻飯《こんにゃくめし》を拵《こしら》えていると、

「邪魔するよ」

聞き慣れた松次の声がした。

今日は定町廻《じょうまちまわ》り同心の田端宗太郎《そうたろう》と一緒であった。

「この時季の旦那はもう、冷やでしたね」

素早く、おき玖《く》が田端の前に酒の入った湯呑《ゆの》みを置いた。

塩梅屋では先代からの申し送りで決して薄めたりしていない、下り酒を絶やさないようにしている。田端をもてなす酒は常に清酒であった。

松次には人肌に温めた甘酒を出した。

米麹《こめこうじ》を使った甘酒は松次の酒代わりであり、常に松次は甘酒一辺倒なので、これも一年中造り置いてあった。

季蔵は蒟蒻飯の仕上げに取りかかった。

細かく手で裂いた蒟蒻は、塩もみした後、熱湯で茹《ゆ》で、笊《ざる》に上げ、乾いた布巾《ふきん》ではさみこむようにして水気をよく切ってから、胡麻油《ごまあぶら》を熱した深鍋《ふかなべ》で色づくくらいまで炒《いた》めて、熱湯をかけておく。

飯を炊き、この蒟蒻を混ぜ合わせる。

器に盛り、吸い物加減の出汁《だし》をかけて、とき芥子《がらし》を添えて供する。

さすがにこれ一品ではさびしいので、すでに、根三つ葉のおひたしを作ってあった。

束でもとめた根三つ葉は萎《しお》れやすいので、根を桶《おけ》の水に浸しておく。

鍋に湯を沸かし、この間に根三つ葉を洗い、茹でたてを上げる笊も用意する。

湯に塩適量を入れて、根三つ葉を何回かに分けて茹でる。

適量の酒、煎《い》り酒で調味した出汁の半量強を、茹でたての根三つ葉にひたひたにかけ浸す。

このまま、涼しいところに置いておいて、盛りつける前に、人差し指の先ほどにさくさくと切り、残しておいた出汁をかけ回して仕上げる。

根三つ葉に限らず、香りが命の三つ葉は茹ですぎてはならず、根三つ葉茹でを任された三吉《さんきち》は、

「三つ葉は生でも食べられる、生でも食べられる、生でも、生でも——」

とお題目のように唱えながら、左手に茎先を揃《そろ》えた一握りの三つ葉の束を、右手に菜箸《さいばし》を持って、ぱっと鍋の湯に投じ、さっと菜箸で取って、用意してある笊へと上げ、ただちに冷水をかけ、香りを確かめて、

「ああ、よかった、おいら、やっと、根三つ葉茹でができた」

ほっと胸を撫《な》で下ろしていた。

——左党の田端様は飯を召し上がらないから——

季蔵はまだ、盛りつけていない三つ葉のおひたしに一工夫したくなった。

もとめてあった油揚げと鶏《とり》のささみを取り出す。油揚げは薄く色づく程度に焼く一方、鶏のささみは酒蒸しにする。

油揚げは千切りに、ささみは細く裂いて、それぞれ、小鉢に盛りつけてある三つ葉のおひたしにのせて供した。

「むっつり味の蒟蒻が口の中で三つ葉の味と喧嘩《けんか》しねえってえのは、えらく気が利いてるぜ。まさに、春と緑の口福だ」

はしゃぎすぎている松次の口調はどことなく不自然だった。

田端は常の通りで、小鉢には一箸、二箸つけただけで、黙って飲み続けている。

「何かございましたか？」

田端は事件が行き詰まった時に立ち寄ることが多かった。

滅多に口を開かない田端が、こういう時に限って、季蔵に意見をもとめるのである。

「おまえは熊八の骸を見つけたそうだな」

田端が話し始めた。

「はい」

「長助の骸も見たと聞いている」

「その通りです。ひょんなことから、嵯峨屋の蔵にも行きました」

「俺は長助、熊八とも、もう一人の騙し蔵仲間に殺されたのだと思っている」

言い切った田端は松次に顎《あご》をしゃくった。

松次はちらっと季蔵の方を見て、

――後生だから、前に俺が言った与太《よた》は忘れてくれ。あんな与太、俺が南の奴に言ったなんて、田端の旦那は知らねえんだからさ――

目で懇願している。

――わかっています――

瞬《まばた》きで頷き返すと、やはり、また、はしゃぎ気味に話し出した。

「旦那の御指図で調べたところ、騙し蔵に引っかかったのは、木挽《こびき》町の料理屋吉富《よしとみ》の主《あるじ》だってわかったのさ。知っての通り、座敷で食える鮨《すし》と天麩羅《てんぷら》が、当たりに当たって大人気の吉富じゃ、江戸一のあの八百良《やおりよう》に追いつけ、追い越せの勢いだ。鮨や天麩羅を食べにくる客に酒は欠かせねえ。屋台で食うものとばかり思ってた、鮨や天麩羅も、綺麗《きれい》に化粧した花魁《おいらん》みてえに、高い鯛《たい》や海老《えび》なんぞを使って、仕上げを工夫すると、かなり、洒落《しゃれ》たものになるんだそうだ。極上の下り酒にはぴったり嵌《はま》るが、地酒の濁酒とはまるで相性がよくねえんだとか――」

「座敷での鮨や天麩羅商いを続けるためにも、喉《のど》から手が出るほど、下り酒が欲しかったわけなのですね」

「吉富は老舗《しにせ》ではないから、上方にこれという伝手《つて》がなかったのだろう」

田端が言い添えた。

「騙された吉富の御主人は悪党たちを見ていたはずです」

季蔵は松次に先を促した。

「長助、熊八に似せて描《か》かした絵を見せたところ、間違いないと言ったよ。後の一人は年《とし》増女《まおんな》だったそうだ」

「悪党の一人が女？」

聞き耳を立てていたおき玖が眉《まゆ》をひそめた。

「どんな様子の女です？」

季蔵は訊いた。

「それが滅法いい女なんだっていう話なんだ。器量がいいだけじゃなしに、口八丁。今まで、商い一筋で遊びを知らなかった吉富の主は、思わず、ぽーっとなっちまったそうだよ。男山や花筏《はないかだ》、七つ梅、八重桜、剣菱《けんびし》なんて銘酒を引き合いに出されて、それよりも美味《うま》い、相当、薄めても味が落ちないと言われると、女の色香と相俟《ま》って、利き酒を味わう時も、夢うつつだったそうだ。その時は苦楽を共にしたお内儀さんの顔さえ、浮かびやしなかったんだと――」

「ったく、男の助平心《すけべい》ときたら――」

おき玖が詰《なじ》った。

松次は先を続けた。

「何十樽と買い付けた酒樽の中身は、むらさめどころか、金魚酒だっただけじゃなく、利いて美味いと感じたはずの樽の酒も、客に出せる代物じゃあなかった。どうして、一時、この酒樽で江戸一に成り上がれると思ったのか、自分でもわからない、恥ずかしいと主は悔いてたよ。酒樽は残らず処分し、金は盗《と》られたが命があってよかったと思うことにしたそうさ」

「仲間の男たちを殺したのはその女だ」

田端が言い切った。

「江戸は女が少ないんだから、それほど綺麗な女なら、目立って、すぐに、見つけることができそうね。美人に目ざとい、錦絵《にしきえ》描きの絵師とかが知っているのでは？」

思わず、おき玖が挟んだ言葉に、

「俺もそう思って、吉富の主の話をもとに、女の似顔絵を描かせて、市中を当たらせてはみたが、知る者は一人もいなかった。見たという者さえいない。もちろん、絵師たちも首苦渋の面持ちの田端は、似顔絵が描かれた紙を胸元から出すと、目の前に広げた。

三

「こんなに綺麗な女、世の中にいたんだわね」

ほーっとおき玖がため息をついた。

描かれているのは年増ながら、端正な顔の流し目に色香が滲《にじ》み出ている、何とも、凄《すご》みのある美女であった。

「ここまでの女が見つからないなんて、とても信じられない」

「普段は煤《すす》でも顔に塗って、物乞《ものご》いのふりでもしているのやもしれぬ」

田端には珍しく大胆な想像を口にした。

「わかりやした。こうなりゃ、これくらいの年齢《とし》の女を、片っ端から当たってみやすよ」

松次は意気込んで立ち上がった。

二人を見送った季蔵が、

「吉富さんには気の毒ですが、騙し蔵にしてやられたのが、店仕舞いしなくてはならないような相手でなくてよかった――」

思わず吐息をつくと、頷いたおき玖は、

「たしかにね。これで、飛ぶ鳥を落とす勢いの人気にも、多少、歯止めがかかって、ここしばらく、あっちへ流れてたうちのお客さんたちも、戻ってくるかもしれないし」

ちゃっかり算盤《そろばん》を弾《はじ》いてみせた。

南町奉行所同心伊沢蔵之進が訪れたのは、それから、さらに五日後の八ツ（午後二時頃）近くであった。

「あら、お珍しい」

おき玖が茶か、酒かと訊く前に、

「柚《ゆず》茶とやらを頼む」

ふふふと笑いながら告げた。

笑うと切れ長の目が細くすぼまって、笑いの中に表情だけではなく、感情までも消えてしまう。

蔵之進の笑い顔は奥が深かった。

「あら、どうして？」

おき玖は首をかしげた。

分量に限りのある舐《な》め柚で拵える柚茶は、塩梅屋の品書きに出してはいなかった。

人づてに聞いたとは思えない。

「松次親分ですね」

季蔵《きぞう》は微笑《ほほえ》んだ。

生一本《きいっぽん》な性格の松次は、ややもすれば偏屈でもあったが、お役目に関わることでなければば、嘘《うそ》はつかず見栄《みえ》も張らない、いたって、気のいい性分であった。

「道でばったり出会った時に、番屋へ押しかけてすまなかったと詫《わ》び、塩梅屋《あんばいや》は何かとびきり美味いものを隠しているのではないかと、カマをかけたのだ」

──考えのわからぬところのある御仁《ごじん》だ。松次親分とばったり会ったのではなく、後を尾行《つけ》ていたか、番屋の近くを張っていたにちがいない──

蔵之進を前にすると、知らずと季蔵の心は身構える。

──細めた目は胡散臭《うさんくさ》いだけではなく、物事を鋭く見透《みとお》す力がある──

「どうぞ」

おき玖が湯気が立っている柚茶を蔵之進の前に置いた。

「これは有り難い」

音を立てて、一啜《ひとすす》りすると、

「極楽、極楽」

松次と同じ言葉を吐いた。

そんな褒め言葉さえ、松次から聞いて真似《まね》ているのではないかと疑ってしまう。

「北町では、長助、熊八の二人は騙りの仲間の女に殺されたのだという考えのようです」

季蔵は切り出してみた。

──とっくに御存じのはずだ──

「ああ、あれか」

蔵之進はあえて興味がないふりをして、

「男二人を殺めた女など見つかりはしまいよ」

笑いを消すと、きらっと一瞬目を光らせた。眉と唇の両端がきゅっと上がって、懸命に怒りを堪《こら》えている。

――この御仁も下手人の悪行にとことん、腹を立てておいでだ――

季蔵はやっと共感を抱くことができた。

「見つからないと決めつける理由は？」

訊かずにはいられない。

「その女って――」

田端の話を信じてしまっているおき玖が、煤を顔に塗って物乞いに化けているかもしれないと言うと、蔵之進は吹きだして、

「それもあるかもしれぬが、俺は上方に逃げてしまった、後の祭りなのだと思う。吉富に何度か通って、鮨や天麩羅を食って、女を見ている主に探りを入れてみた。女には上方訛《なま》りがあったという。上方から一稼ぎに来た騙り女と見た」

「おっしゃる通りだとして、一人で上方から江戸に出てきたのでしょうか？　長助と熊八は市中で雇った子分ですか？」

女の身で一人、上方と江戸を行き来するのはかなりの覚悟が要る。

「上方から女に同道してきた仲間はいないのかと、いろいろ当たってはみたが、なしのつ

ぶてだ。女は突然出て来て、人を騙して金を盗り、人二人を殺めて、煙のように消えてしまっている」

蔵之進は笑いを消した。

「長助、熊八がどのようにして殺められたか、伊沢様が思われていることをお話しいただけませんか？」

季蔵は田端や松次には、さしでがましいのではないかと躊躇《ためら》われ、つい、遠慮で訊くことができなかった問いを投げた。

――女一人で、あのような巨漢の熊八を滅多刺しにできるものだろうか？　一刺しで心の臓を仕留めなければ、手負いながらも、逆襲してくるはずだ――

「長助は優男《やさおとこ》だったが、子どもの頃は隣町の長屋まで聞こえた悪ガキで、喧嘩は負け知らず、背も高く、今よりは肥えていて、ゆくゆくは、相撲取りになって、金を稼ぎたいと口にしていたそうだ。今では、女は男の逞《たくま》しい身体《からだ》に惚《ほ》れるものだというのが口癖で、奉公先でも朝一番の走りは欠かさず、薪割《まきわ》りは手代になっても率先して続けて主に感心され、常に鍛えていた。力自慢は今も変わらない。おそらく、長助が熊八を押さえつけて、女が刺し続けたのだろう。ただし、骸を確かめた医者の話では、熊八の刺し傷はどれも深かった。女ながら、多くの修羅場を生き抜いてこなければ、これほどの匕首遣いはできぬものと思われる」

――そう言われてみれば、長助の骸は顔に似合わず、甘味好きにもかかわらず、筋骨逞しかった――

「熊八殺しは金のためですね」

念を押した季蔵に蔵之進は頷いて先を続けた。

「二人が熊八を殺したのは、吉富が金と引き替えに、むらさめまがいの安酒の入った酒樽を運び出した後だ。三人で金を分けることになったが、熊八がいなくなれば、二人の分け前は増える。示し合わせていた二人は、それぞれ、〝お疲れさん、ご苦労だったな〟、〝酒の好きなあんたのために用意しといたのよ〟と労《ねぎら》って、まずは、熊八を酒で酔わせた。酒に毒を混ぜなかったのは、熊八は、子どもの頃、空腹のあまり、石見《いわみ》銀山鼠取《ねずみと》りの入った、毒饅頭《まんじゆう》を囓《かじ》ったが、量が少なかったせいか、大事に至らなかったという、一種の武勇伝を誰にでも話していたそうだから、毒に強い体質《たち》と見たのだろう」

「長助の毒死については？」

「食べ物屋の娘たちを何人も、岡惚《おかぼ》れさせていた長助は自惚《うぬぼ》れ屋だった。男前で力自慢であれば、どんな女にも惚れられると思い込んでいたはずだ。まさか、仲間の女が自分を裏切るとは夢にも思っていなかったろう。熊八を殺して増やした金で、女と仲良く、上方へでも行って暮らすつもりではなかったのか？」

「自惚れが過ぎて、好かれていると信じ込んでいたんで、女が用意していた金平糖を疑いもせずに食べてしまったのね」

おき玖は大きなため息をついた。

「女は〝下戸のあんたのために持ってきたのよ〟とか、何とか、またしても、甘い言葉を囁《ささや》いたのだろう。熊八にも似たような物言いをしたろうに、長助はまさか、自分が熊八と同じ運命を辿るとは思わなかった」

「何て――」

間抜けな男なんだろうと続けかけて、おき玖は先を止めた。

「騙し蔵殺しの話はこのくらいでいいか？」

まだ、他に話があるのか、蔵之進はこの事件の話を切り上げたがった。

「もう、充分でございます。ありがとうございました」

季蔵は頭《こうべ》を垂れた。

「実は、今日来たのは折り入って頼みがあるからなのだ」

蔵之進は頬杖《ほおづえ》をついた。

意外に無邪気な表情で、

「この店を一日借り切りたい」

「お役目でございますか？」

張り込みではないかと思って、知らずと苦い顔になった季蔵に、

「ちがう、ちがう。気になる相手を励ますための小宴を開きたいだけだ」

「気になるお相手とはどなた？」

おき玖は興味が惹《ひ》かれたようだったが、

「川口町の亀吉の還暦祝いを是非とも、ここで開きたい」

「亀吉親分と言えば、市中広しといえども、この親分に並ぶ岡っ引きはいないっていう、お役目熱心なお方ですよね。あたし、死んだおとっつぁんから、何度も聞かされてました。でも、いいんですか？　そんなご立派な方の宴をうちみたいなところで――」

謙遜《けんそん》するおき玖に、

「亀吉は気が張って、肩の凝る席には、どんなことがあっても侍《はべ》らないという我が儘者《まま》でもある。だが、知っての通り、仕事ぶりは出色だ。近頃は亀吉の前に亀吉なし、亀吉の後に亀吉なしとまで言われている。是非とも、節目の還暦祝いをしてやりたいのだ」

「おとっつぁんが聞いたら、どんなに喜ぶことか――」

おき玖は目を潤ませた。

――還暦祝いと銘打ち、人を呼んでの宴ともなれば、全く気が張らず、肩が凝らないということはあり得ない。宴を開いたとして、はたして、亀吉親分においでいただけるものだろうか？　それをわかっていて、蔵之進様はなさろうとしている。これには深い事情がありそうだ――

季蔵は蔵之進の次の言葉を待った。

四

「亀吉と亡き養父伊沢真右衛門《いざわしんえもん》は、長きにわたって格別の絆《きずな》で結ばれていたのだ」

蔵之進はゆったりとした口調で話し始めた。

普通、お手先の岡っ引きは定町廻り同心を助けて働くものである。だが、南町奉行所に限っては、伊沢真右衛門が市井《しせい》で起きる事件を、定町廻り同心たちだけに任せて解決を待つのではなく、与力である我が身を下手人捕縛のために投じていた。もちろん、これは異例のことで、公にはしていなかったが、真右衛門が江戸一の岡っ引きである亀吉を引き連れて、市中を歩いている姿は珍しくなかったのである。

「真右衛門の助っ人綱は強く太い。だが羨《うらや》まぬぞ。南は南。北は北。こちらにはそちがおる」

烏谷《からすだに》に亀吉と並び称され、

「これは有り難きお言葉」

季蔵は当惑しつつも、悪い気はしなかった覚えがある。

真右衛門の遺志は、今では蔵之進が引き継いでいる。亀吉と蔵之助が揃《そろ》って、寝入っていた松次を叩《たた》き起こしたのは、こうした行きがかりあってのことだった。

「ならば、真右衛門様があのような亡くなり方をされて、さぞかし、亀吉親分はお気を落とされたでしょう」

真右衛門は抜け荷が発覚し、捕縛寸前で自死した商家の主の忘れ形見に恨まれ、復讐《ふくしゅう》の刃《やいば》に斃《たお》された。

「気を落とすなどという生やさしいものではなかった。冬の間は、後追いするのではないかと案じたことさえあったぞ。この頃になってやっと、毎日の墓参りを止めた。市中に起きていることの子細が書かれた紙も不要になった。何でも、ある期間、口をきかなかったのは、亀吉ならではの供養の形だったそうだ」

「それで悼《いた》む心に一区切りついたのでしたら、もう、ご心配はないのでは？」

「ところがそうでもない。亀吉は還暦をしおに、故郷《くに》に帰って、田畑を耕して隠居するなどと言い出した。正直、俺には、養父のような徳がないのかもしれないと、珍しく深く悩んでいる」

蔵之進は困り果てた、わかりやすい顔で、ふーっと嘆息した。

「蔵之進様は亀吉親分を、何としても、市中に引き留めたいのですね」

「亀吉は一にも二にもお役目大事、趣味もまたお役目と言って憚《はばか》らないほど、仕事熱心な奴だし、身体だって、少しもなまってはいない。まだまだ働ける。市中の安全のために役立ち続けてほしい。それで思いついたのが還暦祝いの宴《うたげ》だったのだ」

「亀吉親分にお話しになったのですか？」

――この御仁のことだ。主役が来てもくれぬ宴を開こうとはしないはずだが、そもそもの宴嫌いに加えて、隠居願望とあっては、見通しは決して明るくない――

「話して脈が無ければ頼みになど来ぬ」

「それは何よりです」

相づちを打った季蔵は相手に微笑みかけて止めた。蔵之進がまた、大きなため息をついたからである。

「叶《かな》えてほしいことがあるという」

「どなたをお招きするかを、自分で決められたいのでは？」

亀吉のような気性の者にとって、あまりの大人数は気に染まないのではないかと季蔵は思った。

「それもある」

「他にまだ、何か？」

「亀吉は酒好きだが、濁酒しか飲まぬ」

「そうでした。松次親分から聞いています」

「濁酒にぴったりと合いながら、宴の膳《ぜん》に据えて、恥ずかしくない料理でもてなすことができるならば、喜んで還暦祝いの席に座ると言っているんだ。察しの悪くない亀吉は、これを俺が叶えれば、江戸に留《とど》まって、岡っ引きを続けることにもなるとわかっている」

「うちの料理はどんなものだって恥ずかしくなんてない。でも、恥ずかしくない、濁酒向きの料理かどうかは、誰が決めるのかしら？」

ややむっとした顔でおき玖が首をかしげた。

「亀吉自身が決める」

「だったら、何とでも、因縁をつけることができるじゃない」

とうとう、おき玖は頬をぷっと膨らめた。

「亀吉の舌はなかなかのものだ。独り身なので、煮売り屋の味の善《よ》し悪《あ》しは、市中、至るところ知り尽くしている。美味いものを不味《まず》いとは決して言うまい。何より、亀吉はそのような下劣な心根の持ち主ではない」

蔵之進は目を怒らせて言い切った。

「わかりました」

季蔵が承諾すると、

「助かった。これぞ地獄に仏」

大袈裟《おおげさ》に礼を言って蔵之進は、

「ああ、冷めた柚茶がこのように美味いとは――」

一気に湯呑みを干して帰って行った。

二人になったおき玖は、

「季蔵さん、こんな話、引き受けちゃっていいの？　あたし、おとっつぁんにも聞いたことないわよ、濁酒に合う特別な料理のことなんて――」

しきりに案じている。

「濁酒も特別ではありません」

濁酒はどぶろくとも呼ばれ、発酵させただけの白く濁った酒である。江戸近郊や多くの地方で造られていた地酒はこの濁酒であった。

炊いた米に米麴や酒粕に残る酵母を加えて、発酵させたのが清酒（日本酒）の原型の濁酒である。

清酒が下り酒と言われていたのは、そのほとんどが、上方（伊丹《いたみ》、灘《なだ》、池田等）から運ばれた下り酒であったからである。

江戸開府前夜、伊丹は鴻池《こうのいけ》の新六幸元が、足利《あしかが》将軍の御世からあった手法を改良して、麹米、蒸し米、水に分ける三段仕込みを確立して、上方での大量生産が行われるようになっていた。

「よほどのお大尽はいざしらず、普段、気楽に楽しんでいる酒は、皆さん、濁酒のはずです」

清酒は濁酒の十倍以上の値で売り買いされていた。

「そもそもそこが無理なのよ。普段のお酒の濁酒には、珍しくもない普段の肴《さかな》。どんな煮売り屋でも売ってる、沢庵《たくあん》、梅干し、きんぴら牛蒡《ごぼう》や煮豆、焼き豆腐、切り干し煮付けなんてものでしょ。どれも人気はあるけど、特別じゃない。何より、おもてなしに欠かせない、新鮮な美味《おい》しい驚きがない。濁酒に合って、宴の膳にふさわしいものなんてありはしないわよ。亀吉親分、無理難題をふっかけてるんだわ」

おき玖はそこに、亀吉でも立っているかのように壁を睨《にら》んだ。

「大丈夫です。きっと、お嬢さんの得心がいく献立を作りますから。どうか、二日ほど待ってください」

そう告げた季蔵はこの翌日、客が立て込む昼時を外して、隣りのつばめ屋を訪ねた。

「花見の時はすっかり、馳走《ちそう》になっちまったな」

米七《よねしち》の表情はわりに明るかった。

折よくおま寿《す》の姿は無い。

「女房は娘の桃代《ももよ》と買い物に出てる。おおかた、役者絵買いで草紙屋に立ち寄った後、桃代の奴が前から、欲しい欲しいと催促してた簪《かんざし》を買ってやるつもりなんだよ」

「桃代さんはお元気ですか？」

岡惚れとはいえ、貢いでいた長助の死は堪《こた》えているはずだった。

「おま寿がね、あんたとおき玖ちゃんの裏庭で話してたことを聞いてて、桃代に話した時はなかなか信じようとしなかった。長助が殺された時もめそめそし通しだったが、他に何人も貢がせていたってえ噂《うわさ》を耳にするようになると、憑《つ》き物が落ちたように、前は何度も口にしてた、〝長さん〟って言葉がふっつり出なくなったのさ。一時、こっちはほっとしたんだが――」

「また、何か娘さんの身に起きたのですか？」

「まあ、今度は前のよりはましってことになるんだろうが――。急に室町にある扇屋のみやび屋に、桃代の奉公が決まったんだよ」

米七は白い歯をちらっと見せて笑った。

「いいお話のようですね」

「旅を終えたみやび屋の若旦那が、たまたまここに立ち寄って、その、つまり――」

「桃代さんを見初めたと」

「女房は絶対、そうだって言って、桃代ともども、舞い上がって、奉公を決めて返事をしてしまい、足袋やら髪油なんぞの細々としたものを娘のために揃えてやってんだが、どうだかね。向こうは奉公する気はないかって、手代を通じて言ってきた、それだけなんだから——」

米七の顔に不安がよぎった。

「若旦那さんは、まだ独り身なのでしょう？」

「親戚《しんせき》の養子に貰《もら》われてたのが、みやび屋は去年、跡継ぎが流行《はや》り風邪で死んじまったんで、呼び戻されたんだそうだ。独り身だろう。女房子どもがいたら一緒のはずだから。季蔵さんより、一つ、二つ若い、なかなかの男前だった。しっかりした賢そうな目はしているが、物言いも優しそうで——」

「それで桃代さんも——」

「自分の面は棚に上げて面食いで困る」

米七は照れ臭そうに笑った。

「旅を終えてここへ立ち寄ったのは、久々に江戸に戻ってきて、なつかしい味に触れたかったのかもしれません。そこで桃代さんと出会った——」

「まあ、そういうことなんだろうが、向こうは老舗で大奥お出入りまで許されてる扇問屋で男前、こっちはしがない煮売り屋で小町とはほど遠い器量の娘。玉の輿《こし》が過ぎる。釣り合わぬは不縁のもとだからねえ」

米七はすでに、桃代が嫁にと望まれているかのような口ぶりだった。

五

――人は早々、立ち直れるものではない。受けた心の傷を癒《いや》そうと焦った挙げ句、また別の夢に逃げようとしているのでなければいいのだが――

季蔵は懸念しないでもなかったが、

――それでも禍転じて福となすという諺《ことわざ》もあるから、桃代さんの運を信じて、幸せを祈ろう――

「親というものは心配が尽きませんね」

この話にけりをつけて、

「ところで、折り入って、お訊きしたいことがあるのです」

蔵之進との約束を果たさなければならなかった。

「この店で菜をもとめる方々が飲んでいる酒は、やはり濁酒でしょうか？」

「たいていはそうだろうよ。清酒はよほど懐具合のいい時か、盆正月、祝言と相場が決まってる」

「失礼ですが、煮売りの味付けはやや濃いめですね」

「ああ。持ち帰ってみたら、傷んでたなんて、後で怒鳴り込まれたらたまんねえからね」

「濁酒と合わせて菜を作っていますか？」

「まさか。安くて美味くて人気のある菜を売ってるだけさ。客たちは、ほんとは清酒の方が合ってても、濁酒で我慢してるんだろうよ。濁酒は庶民の酒だから」

「米七さんは、ここで売っている全部の菜に、清酒の方が合うと思ってますか？」

「うーん。むずかしいところだな。そんなこと、考えてみたこともねえ」

米七は両腕を組んだ。

「米七さんは日々、自分のところの煮売りを食べていますね」

季蔵は訊き方を変えた。

「残りもんに福はねえがな」

米七はむっつりと応《こた》える。

「合わせるのは濁酒ですね」

「当たりめえよ」

「菜によっては、飲み慣れた濁酒が、やけに美味しく感じられることがあるのでは？」

「濁酒を見直すことはあるよ」

「どんな菜の時です？」

ここが肝心だと季蔵は息を詰めた。

「花見の時、あんたが美味いと褒めてくれた、握り飯に入ってた鮪《まぐろ》のきじ焼き。握り飯に入れないでも濁酒でイケる。鮪だけをどさどさと、味噌汁《みそしる》に入れるだけの鮪から汁もなかなかだよ。あと、獲《と》れすぎで、魚屋から安く買えた芝海老《えび》を、乾煎《からい》りにした後、残りを剝《む》き身にして、甘辛の下味をつけておく。これを次の日、天麩羅に揚げるのも悪くねえ。濁酒ってえのは、普段、飲み慣れてるんで、わかんなくなっちまってたが、どんと来る、強い味の菜が合うんじゃねえかと思うね。京風の上品な薄い味付けや食材には、金輪際、合わねえはずだ。試したことはねえが、高級料理屋で出す松茸《まったけ》ほど、濁酒と合わねえもんはないだろうよ」

秋にしか採れない松茸は、乾かしたり、塩漬けにしたりして保存されていて、高級料理屋では、冬を過ぎて春までも、高価なもてなし膳に並ぶ。

赤松の林に生える松茸は、赤松林が少ない江戸近郊では採れにくく、赤松の多い上方では市が立つほど豊作であったが、保存加工されて、江戸へ運ばれると高値となる。

下り酒の清酒同様、松茸と言えば、上方からもたらされる、あこがれの代物なのである。

「この江戸は、天下の将軍様がおいでになるところだってえのに、酒と松茸で上方に負けてる。前から俺はそいつが、面白くなかったね」

少々、目を怒らせた米七は、娘の話以外にふと本音を洩らして、

「それと、上方に限らず、西から出てきてる田舎侍たちが、〃納豆は食い物じゃない、こんな臭いものと一緒だと、他のものまで不味くなる〃って、言ってのけて、鼻を曲げて見せるのも、腹の立つことさ。気にした女房は、煮売りの品書きから納豆を外しちまったが

――」

「その納豆も濁酒に合いそうに思えます」

「そうそう、言い忘れてたよ」

「となると、濃い味、強烈な風味の菜に合う濁酒は、真の江戸っ子酒と言えますね」

「江戸っ子を気取って、下り酒や松茸をもてはやすのはおかしな話さ」

「江戸っ子酒に江戸っ子肴、これが江戸の食べ物の本流です」

「あんた、いいこと言うねぇ。だが、そうなると、たかが煮売り、されど煮売りってことになって、俺たち煮売り屋も、江戸っ子酒に合う、美味い江戸っ子肴を、もっともっと工夫しなきゃな」

米七は上機嫌になった。

店に戻った季蔵は、おき玖と三吉を前に、つばめ屋の菜に案を得た話をした。

「なるほど、話の筋は通ってるけど、煮売りの鰯《いわし》の目刺しが、宴の膳に並ぶ様子しか、今のところ、わたしの頭には浮かばない。大親分の還暦祝いがこれで大丈夫かしら？」

おき玖は首を前には倒さず、

「おいらも、煮売り屋の菜が宴の膳になっちまうのは、夢がなさすぎるように思う」

三吉は悲しそうなため息をついた。

「何も、つばめ屋さんから聞いた煮売りの品々の全部を、そのまま、もてなし膳にしようというのではありません」

季蔵は紙と硯《すずり》、筆を三吉に運ばせて、献立を記してみることにした。

江戸っ子膳

口取り三種　糸三つ葉の刺身風　納豆の卵巻き　蒟蒻と胡桃《くるみ》の酒粕《さけかす》和《あ》え
お造り　鰹《かつお》の江戸風味
煮物　豚肉の柚酒煮
焼き物　烏賊《いか》の共焼き
揚げ物　海老の天麩羅江戸っ子風
飯物　鮪のきじ焼き鮨

「お刺身の次の椀《わん》物がないわ」

すぐにおき玖が気づいた。

「しんじょ等の椀物を召し上がってしまうと、意外にお腹にこたえて、コクのある濁酒が進みませんから。豆腐を使わないのも同じ理由です」

「それで汁も出さないのね」

「はい」

「飯の前の酢の物もないよ」

三吉も声を上げた。

「うちの酢の物は、清酒の邪魔をしないように酢を控えて作る。だが、濁酒となると、酢を主張させないと、濁酒を引き立てる一品にならない。濁酒に負けない、食べ応えのある肴が多いので、酢の物はいい箸休めになる。残念ながら、わたしには、まだ、思いつかない。三吉、考えてみてくれないか？」

「ええっ？　おいらに？　できるかなあ？」

顔をほころばせているが、その声が不安そうな三吉に、

「楽しみにしてるぞ」

季蔵は優しい目を向けた。

こうして、亀吉の首を縦に振らせるための料理の試作が始まった。

まずは口取り三種から作っていくのだが、糸三つ葉の刺身風は、浅草海苔《のり》に醤油《しょうゆ》と味醂《みりん》、酒、七味唐辛子を混ぜたタレを刷毛《はけ》で塗って、炙《あぶ》って乾かす手間から始まる。

糸三つ葉はさっと水に晒《さら》して、ざくざくと切って器に盛りつけ、タレで味のついた海苔と白胡麻を散らし、梅風味の煎り酒を適量かける。

納豆の卵巻きは小粒の納豆を使う。納豆は梅風味の煎り酒で下味をつけ、青紫蘇《あおじそ》は千切りにしておく。

溶き卵を小さな平たい鉄鍋に流し入れ、納豆と青紫蘇を卵の端に載せて、弱火で焦げないように注意しながら、くるくると巻き上げて仕上げる。

蒟蒻と胡桃の酒粕和えには、酒粕の白和え衣が欠かせない。

木綿豆腐、酒粕、白味噌、白練り胡麻を、すり鉢で合わせてこれを作る。味は赤穂《あこう》の塩で調える。

湯に通してアクを抜いておいた蒟蒻を俎板《まないた》に取り、すりこぎで叩くか、拳《こぶし》で叩きのばして薄い短冊に切る。

皮から外した胡桃は炒《い》っておく。

すり鉢に胡桃を入れて半ずりにし、酒粕の白和え衣を加えて和える。

三種を味わったおき玖は、

「知らずとすーっと箸が進む、日頃食べてる口取りとは違って、どれも強烈な感じ。わたしは蒟蒻と胡桃の酒粕和えが一番。酒粕の白和え衣、病みつきになりそう」

驚嘆し、

「それを言うなら、おいらは、糸三つ葉の刺身風に使った、唐辛子の辛味が利いた甘辛海苔だよ。ここに拾ってもらう前は、納豆売りしてたから、一番となると、やっぱ、納豆の卵巻きだけど。青紫蘇の色と香りがとってもいいよ、いい」

三吉は、楽しそうにはしゃいだ。

「香りといえば、糸三つ葉、青紫蘇、酒粕と、この三品はどれも香りに工夫があったのね。それから糸三つ葉の薄緑、卵の黄色、酒粕衣の白と、色も春らしく綺麗だわ。常にも増して凝ってるのねえ」

おき玖の褒め言葉に、

「そうしないと、濃厚な濁酒に負けて、膳についたそばから、皆さん、濁酒ばかり、召し上がってしまうことになりかねません。もてなしの膳は、ゆっくりと、料理を美味しく味わいつつ、盃を傾けていただかないと」

季蔵は応えた。

濁酒は水で薄めてある清酒よりも、酒分が格段に多く、強い酒であるにもかかわらず、常温で飲まれるのが普通なので、とかく、飲み過ぎるきらいがあった。

――飲み過ぎては料理の味がわからなくなり、元も子もなくなってしまう――

六

「次は鰹の江戸風味？　見当もつかないわ」

江戸っ子が女房を質に入れても食する初鰹の時季である。

たいてい、初鰹は刺身に下ろして、芥子と味噌をすり合わせた芥子味噌で供される。

「芥子味噌の他に芥子酢、蓼《たで》酢を好む向きもあったでしょう？　酢使いに案を得てみました」

季蔵はまず、鰹を刺身に作った。

酢と胡麻油、醤油、みじん切りにした葱、すり下ろしたニンニクを混ぜ合わせたタレに、この刺身を絡ませ、皿に盛りつけて仕上げる。飾りに糸三つ葉の清々《すがすが》しい葉を添えてみた。

「さっぱりしてるのに食べ応えがあるわ」

「刺身を和え物みてえに混ぜるんだもの、おいら、どきどきしたよ。でも、美味いよ、これ。さすが季蔵さんだよ。皆《みんな》、いつもの芥子味噌や蓼酢で、もう初鰹を食べたぞって自慢するけど、こんな食べ方もあるんだって教えてやりたいよ。ちょっと変わっているけど、こっちの方が美味いかもしれない」

「それならいっそ、鰹の江戸風味じゃなし、変わり初鰹っていうのはどうかしら？」

「塩梅屋流初鰹っていうのは？　毎年初鰹はたいした人気だもの」

おき玖と三吉は初鰹に拘《こだわ》ったが、

「初鰹に拘らなくても」

季蔵は首を横に振った。

「だったら、江戸風味もおかしいわよ。タレにニンニクを使うと、とびっきり美味しくなるけど、土佐風になってしまうから、店では出さないんだって、おとっつぁんから聞いてたもの――」

おき玖も異論を唱えて、この鰹料理は鰹の新江戸風味という名に落ち着いた。

豚肉の柚酒煮はすでに昨日のうちに仕上げてあった。

「柚酒にこんな使い途もあったんだね」

「それで季蔵さん、柚酒の中の輪切りの柚を、全部は舐め柚にしないで、取り分けてたのね」

「豚肉と柚の香りや甘い酒の味が、ぴったりくるなんて、おいら、思ってもみなかったよ。こんな美味いももんじ料理もはじめてさ」

「お肉がとろとろ。まだまだ、次があるっていうのに、ああ、もう、いや、お箸が止まらないわ」

次の烏賊の共焼きは、烏賊競べの料理を作り合った武藤《むとう》を思い出して、考えついたものだった。

季蔵はするめ烏賊をさばき始めた。

わた（内蔵）は、墨袋等を除いておく。

烏賊の身は、胴体、エンペラ（頭）、吸盤をそぎ落としたゲソ（足）を一口大に切り分ける。

取り出したわたを、味噌、酒、味醂でのばし、切り分けた烏賊の身を入れる。

「ここまでは、塩辛とほぼ同じです。ただし、江戸前というか、簡単な塩辛の方ですが――」

「少し塩気が足りないようです」

季蔵は調味したわたと混ぜた烏賊に、赤穂の塩を一つまみ加えた。

熱した鉄鍋に油を敷き、調味した烏賊を炒める。

全体に火が通ったら、みじん切りの葱《ねぎ》を散らして混ぜて仕上げる。

刺身にもできる新鮮な烏賊を使うので、烏賊の焼き加減は好みである。

「あたしは半生がいいわ。このもちっとした感じがたまらない」

「おいらは火がよく通ってる方だな。わたのクセと烏賊の風味がいっしょくたになって、香ばしく焼けてなきゃ──」

しばらく、二人は夢中で箸を動かしていたが、

「塩辛名人だった武藤さん、今頃、どうしてるのかな？」

三吉がふと呟《つぶや》いて、

「凄《すご》かったわね、武藤さんの秘伝の塩辛──」

おき玖が相づちを打った。

羽州（現在の秋田県の一部と山形県）で、うろと呼ばれる、烏賊のわたを工夫した漬け汁を用い、半年以上かけて、根気よく仕上げられる、武藤ならではの塩辛はまさに絶品だった。

「幸せでいてくれるといいけれど」

遺《のこ》していった文で、季蔵は武藤が死を選んだ事実を知らされていたが、おき玖たちにまで報せるつもりは毛頭なかった。

──悲しすぎる。悲しみの荷を増やすのはわたしだけで充分だ──

その想《おも》いも強かった。

──武藤さんが白紙掛であったことを、お嬢さんや三吉が知ることはない──

白紙掛とは旗本家の嫡男以外の男子で、剣術と知力に優れた者が、選ばれて得る決して

公にはされない身分であった。

白紙掛の名の通り、すべてを無にする解決が目的で、命じられるままに、お役目を果たし続ける。時には、用心棒として悪党の命を守り、何の恨みもないどころか、誰もが認める善人を殺すことも辞さないという、苛酷《かこく》な仕事であった。

――白紙掛だけではない、闇に隠れて続けられてきた役目は、決して、人に知られてはならないのだ――

知られれば、知った者たちだけではなく、お役目にあった当人の血縁までもが、闇に葬られても不思議はなかった。

――わたしのような隠れ者とて同じことだ――

おき玖は亡き父の長次郎《ちょうじろう》が隠れ者であり、今は季蔵がそのお役目にある事実を、どんなことがあっても知ってはならないのである。

「武藤さんの塩辛、羽州仕込みだって言ってたから、甲州《こうしゅう》の仕事の後、そっちに行ったのかも――」

三吉の言葉に、

「それもありだけど、あたしは、邦恵《くにえ》さん、柚遣いが上手かったから、きっと柚の実が沢山実る場所に生まれたんじゃないかって。仕事が終わって、親子三人で邦恵さんの実家《さと》に行って、柚酒造りなんかの手伝いでもしてるんじゃないかしら？」

おき玖は声を弾ませた。

もとより、武藤の遺言は伏せなければならなかったので、遠い甲州で、急な長期の料理の仕事が入り、先に市中を出てしまった武藤に頼まれた季蔵が、甲州まで妻子を送り届けてきたという方便で通している。

「そのうち、柚で拵えたものを売りに、ひょっこり、江戸に来てくれるといいな。おいら、会いたい。愛想なかったけど、気取りのない、いい人だったもん。料理の腕も見習わなきゃなんなかったし」

武藤との再会を願う三吉に、

——いいことを言う——

季蔵は目頭が熱くなった。

「仕官なんてことになって、お侍に返り咲いて、どっかの藩の国詰めになっちゃうと、もう、一生会えないなんてことも——」

三吉がしんみりすると、

「その時は塩辛が絶対、届くはずよ。うろの上澄みだけで漬ける、一滴もお酒は入ってないのに、上等の下り酒の味がする、あの極上の塩辛が——」

おき玖も泣き声になって、

「そうだね、そうだよね」

三吉は何度も頷いた。

——武藤さん、わたしはあなたの実の名は知りません。知りたいとも思いません。あなたがこの世に生きた証《あかし》は、お役目の白紙掛としてではなく、遺してくれた数々の料理なのですから。美味しい料理を忘れないように、わたしたちはずっとあなたを覚えています

——

季蔵は心の中で、武藤に話しかけずにはいられなかった。

残りの二品はつばめ屋の米七から教わった料理を、季蔵が一工夫したものである。

醤油、酒、味醂、粉唐辛子を混ぜたタレに、芝海老を漬け込んでいると、

「傷みやすい海老って、たしかに、どっさり、びっくりするほど、安く売ってる時があるわよね。でも、お酒に漬けといて次の日に煮たり、味噌漬けなんかにできるのはお魚だけだから、結局は、その日に使う分しか買えない。天麩羅や海老団子入りの汁にしたって、ちょっとでも、味が落ちてると臭みが出て、ちっとも美味しくないのが海老の泣かされどころ。それで、あたし、何か他にいい食べ方はないかって、思ってたとこなの」

おき玖は目を輝かせ、

「天麩羅の衣に抹茶とか、胡麻の味をつける、味付き天麩羅は知ってたけど、揚げる方にとことん、味をつけちゃうっていうのは見たことも、聞いたことも、もちろん、食べたこともないよ。楽しみ、楽しみ」

三吉はごくりと生唾《なまつば》を呑み込んだ。

七

海老に下味がつけられた天麩羅は、好みで赤穂の塩をぱらぱらと振りかけて食べる。

「これなら、幾らでも食えるよ」

「お酒が進んで、女だてらにおおとらになって、冥途《めいど》のおとっつぁんに叱《しか》られそうだわ」

おき玖は濁酒の入っている酒樽を、恨めしそうに横目で見た。

おき玖は酒はイケる口なので、飲み出すと止まらなくなる。それで、濁酒向きの肴の試食だというのに、今まで一切、盃《さかずき》を傾けていなかった。

「お料理の味がわからなくなってはいけないしね」

季蔵への気遣いゆえでもある。

「そろそろ、おまえの酢の物の出番だろう?」

さっぱりとした酢の物は、最も食べ応えのある、揚げ物をもてなした後、腹加減を調えるために供されることが多い。

「春の今時分だから、白独活《しろうど》を使うことにしたんだ」

三吉は俎板の上で皮を剝いた白独活を薄く短冊に切ると、酢水の入った鉢の中に放した。

「合わせるわかめも戻してあるんだ」

わかめの入った鉢が隣りに並んだ。

「迷ってるのは和えるタレの味なんだ。酢と、砂糖、あと何と何を加えるかなんだけど」

「普通は梅風味の煎り酒と白い炒り胡麻なんじゃないの?」

おき玖は迷うこともないだろうという、怪訝《けげん》な表情である。

清酒に種を取った梅干しを加え、煮詰めて漉《こ》して作る梅風味の煎り酒は先代長次郎の秘伝の品であり、青物の和え物に欠かさず使われている。

「でもさ、それだと普通すぎるだろ。江戸っ子膳はどれも、かなり変わってるから、これも一工夫しなきゃって――」

「三吉はどう工夫したんだ？」

「煎り酒は梅風味じゃ、大人しすぎるから、思い切って鰹風味にしたんだ。そして、白胡麻は蒟蒻と胡桃の酒粕和えで使ったから、重ならないように、絞った生姜《しょうが》の汁にしてみた」

鰹風味の煎り酒は、文字通り、梅に鰹の削り節を加えて煮詰めた濃厚な調味料で、昆布風味、味醂風味と並んで、季蔵が作り上げた塩梅屋二代目の調味料である。

三吉が工夫したタレで和えた、白独活とわかめの酢の物を摘《つま》んだ季蔵は、

「思い切って、絞り生姜の量を多くしたのに、白独活の香りの邪魔になっていない。鰹風味の煎り酒の方は、わかめの磯の香りと相俟《ま》っている。そして、白独活とわかめがそれぞれの味を引き立て合いながら、渾然《こんぜん》一体となって美味だ。白独活とわかめの組み合わせはありきたりだが、ここまで野趣豊かなものは、今まで食べたことがない」

これ以上はないと思われる賛辞を口にした。

「お砂糖を控えて、お酢の方を多く使ってるわね。濁酒に合う肴はどっしり気味だから、ここでこれが出てくるのは身体にとっても優しい。やったわね、三吉ちゃん」

おき玖は三吉に向けて微笑んだ。

「お、おいら、こ、こんなに褒めてもらえるとは思ってもみなかった。だけど、うれしい、とってもうれしいや」

三吉は声を震わせた。

「さて、ここに三吉の絶品酢の物が入るとなると、わたしも、最後の飯物を一捻《ひとひね》りしなければ――」

「あら、鮪のきじ焼き鮨を変えてしまうの？」

おき玖は隣りのつばめ屋で売られている、鮪のきじ焼き握りの美味さを、季蔵から聞かされてからというもの、想うたびに、口の中に唾が湧《わ》いてきて、買いに行きたい気持ちを抑えていた。

――おとっつぁんが生きてたら、〝美味いものの話を聞いたら、すぐに自分で作ってみるのが、食べ物屋に生まれた娘の意地だろうが――。買って食べるなんぞはだらしがねえ〟って叱られてしまうもの――

「鮪をきじ焼き風に煮付けます。鮨の酢飯では、三吉の酢の物の後ともなると、何とも、まとまりが悪くなるので、ここはがらりと変えて、茶漬けにすることにしました」

季蔵は米七からもらった鮪の腹かみ（大トロ）を、賽《さい》の目に切り分けて、醬油と酒、砂糖に粉山椒《こなざんしょう》を加え、きじ焼き味の佃煮《つくだに》に煮付けた。

鮪肉の部位の中で、最も脂の多い腹かみは、好む人が少ないので、捨てられることが多

く、

「なに、いいんだよ。魚屋がおまけにって、いつも、置いてく代物なんだから──」

米七は代価を取らなかった。

出来上がった佃煮を炊きたての飯の上に載せ、山葵《わさび》を添え、熱い淹《い》れ立ての茶を注ぐと、鮪のきじ焼き風茶漬けが出来上がった。

「こってりしてるのにさらさら入るわ」

「今度、おいら、おとっつぁんとおっかさんに拵えてやろうーっと」

二人はお代わりまでした。

こうして、江戸っ子膳の試作を終えた季蔵は、献立に文を添えて伊沢蔵之進まで届けさせた。


お約束の膳部の試作を終えました。濁酒に合う献立になっていると思います。近々、試食においでいただけませんか？　おいでになる日を、前もってお知らせいただけるとありがたいです。

塩梅屋季蔵

伊沢蔵之進様

この文を届けた翌日に、何の前触れもなく蔵之進は訪れた。

「よくやってくれた、恩に着る」

蔵之進は恐縮しきっていて、

「江戸っ子膳という命名が何よりよい。これを見て、還暦の宴は大成功するとぴんと来た」

珍しく、満面に屈託のない笑みを浮かべている。

「申しわけございません、おっしゃっておられることが今一つ――」

――江戸っ子が飲み慣れている濁酒に、吟味して合わせた肴が供されるだけで、これほど大袈裟《おおげさ》に喜ぶだろうか？　それに故郷に帰りたがっている亀吉親分は、そもそも江戸っ子ではないし――

もとより、市中で、三代続いた家でなければ、江戸っ子と称することはできなかった。

「亀吉が江戸っ子ではないから、この命名がよいのだ。この宴は亀吉の祝いでもあり、この江戸以外、どこにも行く当てのない江戸っ子のように、余生を江戸で暮らしてくれ、まだまだ元気で十手を握って、お役目に邁進してくれという激励を兼ねている。亀吉が住み慣れたこの江戸を愛し、密《ひそ》かに江戸っ子に憧《あこが》れていることは承知している。江戸っ子膳、この言葉で亀吉を引き留められる」

「わたくしどもの味で元気を出していただき、ひいては、お引き留めできればと思います」

季蔵は神妙に応えて、

「試食はよろしいのですか？」

「今、腹は空《す》いている」

蔵之進の腹がぐうと鳴った。

「残念ながら、準備がございません。試食は後日に――」

「俺はこの店とあんたの腕を買ってる。亀吉の気が変わらぬうちに、ばたばたとことを進めねばならぬことだし、今回、試食をせずともよい。それより、何か食わしてくれ」

「献立の最後の鮪のきじ焼き風茶漬けなら、すぐにお作りができます」

きじ焼き風に煮付けた佃煮は日持ちがする。

「それを頼む」

五杯も茶漬けを掻き込んで帰ろうとした蔵之進は、

「払いは俺がするが、日時や、誰と誰を招くかとかの宴の手順は松次に任せてある。松次にも文を届けてくれ」

と告げた。

「わかりました」

言われた通りに、翌朝、文を届けると、松次の方はその日のうちに駆け付けてきた。

「すまねえな、急だったもんだから、朝飯の途中で走ってきた」

松次は息を切らしている。

――朝飯の途中でここへ来たのなら、もう、とっくに着いているはずなのだが――

今はもう九ツ（正午頃）近くである。

「いい日和だ、いい宴になる」

松次は上機嫌である。

――亀吉親分の宴は、松次親分にとっても、蔵之進様と同じか、それ以上に大事なことなのだろう――

松次の腹の虫が鳴り続けている。

「何か、召し上がりますか？」

「できるもんなら、何でもいい」

季蔵は蔵之進に供したのと同じ茶漬けを出した。

「美味え、美味え。鮪とはとても思えねえ」

常に、下魚《げざかな》の鯵や鰯よりも低く見られているのが鮪であった。

「季蔵さん、あんたの手にかかると、鮪もてえした味になるんだねえ、感心、感心」

松次は弾むような口調で、とうとう世辞まで洩《も》らした。

「ありがとうございます」

季蔵は吹き出しそうになったのでうつむいた。

「何しろ、うれしくてね」

蔵之進と並ぶ五杯もの茶漬けを食べ終えたところで、松次は喜びを口にした。

第三話　若葉膳

一

「さっき、亀吉《かめきち》親分にあんたの作った献立を見せたら、〝よろしく〟って言ってくれたんだよ。味は俺や伊沢《いざわ》の旦那《だんな》が贔屓《ひいき》にしてる店なんだから、美味《うめ》えに違えねえってね。何しろ、つきあいのいい方じゃねえから、ごねでもしたらどうしようかって、ひやひやもんだったが、とんとん拍子。伊沢の旦那と心配し通しだったもんだから、ほっとしたよ」

「蔵之進《くらのしん》様と松次《まつじ》親分が、一緒に宴《うたげ》の計画を進めていたとは意外でした」

季蔵《としぞう》は正直な気持ちを口にした。

――この間、松次親分はあれほど、北の意地を張り通そうとしていたというのに――

「あれから、伊沢の旦那が俺のところへ寄ってくだすって、〝松次、亀吉のことで一肌脱いでくれないか〟って、頭を下げられたのさ」

――同心が岡《おか》っ引《ぴ》きに頭を下げて頼むとは、相変わらず、蔵之進様の人蕩《たら》しの策は意表を突いている――

季蔵は舌を巻き、松次は先を続けた。

「北の田端《たばた》の旦那に仕えてる身だから、お役目に関《かか》わることは、御免被りますと俺が首を横に振りかけると、お役目とは関係がねえ、亀吉親分の宴の計画に力を貸してほしいってえんだった。宴の真意は親分を引き留めるためだとも話してくだすった。亀吉親分は市中の岡っ引きたちの要《かなめ》だ。あのお人がいなくなっちまったら、この先、このお江戸の闇《やみ》はもっと深くなる。それで俺は一肌も二肌も脱ぐことにしたのさ」

――蔵之進様は松次親分の急所を心得ているのだな。驚いたことに、これで二人の間の距離はまたたく間に狭まってしまった――

「北の松次親分が、南の亀吉親分をそれほど慕うのは、深い理由《わけ》あってのことですよね」

是非とも訊《き》きたくなった。

「前にもちょいと言ったと思うが、あの親分に休みはねえんだ。親分は神隠しに遭った子どもたちを探し続けてる。とかく奉行所では、貧乏人の子どもがいなくなったと届けても、どこ吹く風だ。お大尽に限っては、袖《そで》の下を包むんで、一月ほどは総出で探すふりをするだけだ。けど、亀吉親分は、何年かかっても諦《あきら》めねえ。神隠しに遭った後、何年もかかって、親分が見つけ出した子どもたちの数は、両手の指を合わせても足りねえぐれえなんだ。それでいて、見つけてもらったお大尽が、礼金を払おうとしても受け取らねえ。親分は貧乏人の子でも、お大尽の子でも、子を思う親の気持ちは同じだってえ信念で、ずーっと探し続けてるんだ」

——なかなか出来ることではない——

季蔵は深い感銘を受けた。

「それでしたら、親分にお子さんを見つけて貰《もら》った方々は、是非とも、祝いに駆け付けたいのでは？」

「それそれ」

松次は大きく何度も頷《うなず》いた後、

「俺が祝いの話をちょいと耳に入れたら、助けられた人たちがこぞって、席に連なりたいって押すな、押すななんだよ」

広いとは言えない小上がりと土間を見回した。

「何人ぐらいがおいでですか？」

「奉行所の方は伊沢の旦那一人でいいとしても、岡っ引き仲間には俺みてぇな、弟分気取りも何人かいるし、世話になった人たち全部となると六十人ほどになっちまう。これじゃ、大人数すぎるだろ？」

「うちは三十人ほどでも、膳《ぜん》でもてなすことはできません」

「膳でないとなると、いつか、夏に噺《はなし》の会をやった時みてえな、大皿盛りの取り分けかい？」

「そうなります」

「親分は肩の凝る席が大嫌いだから、そいつはかまわねえよ」

「よかったです」

ひとまず季蔵はほっとした。

「俺はまだ困ってるよ。六十人をどうやって半分の三十人に減らすか――。下手すりゃ、削った相手に恨まれちまう。ああ、先にこっちを考えて、皆に伝えるんだったよ」

「祝いに出たいと言ってくれている方々の名を書き出して、亀吉親分に選んでいただいてはいかがです？」

「なるほど。それだと、親分の気持ち通りになる。親分だって人の子だ。多少の好き嫌いはあるはずだしな」

松次はやっと安堵《あんど》のため息を洩《も》らして、

「何だか、今度は喉《のど》が渇いてきた。甘いのをぐーっとやりてえ気分だ」

あわてて、おき玖《く》が柚《ゆず》茶を運んだ。


亀吉の還暦祝いは吉日を選んで行われることになった。

我も我もと手を上げた六十人を、三十人に減らすのはむずかしく、塩梅屋《あんばいや》の土間に貸し出された畳が運び込まれて、四十五人の招待客たちがひしめき合うこととなった。

「寛政《かんせい》の松平様の頃から酒を造り続けているこの蔵元では、諸白《もろはく》（清酒）よりも、濁酒が絶品です。天下逸品の格別な味です」

前日に挨拶《あいさつ》に訪れた亀吉は、日頃、親しんでいる江戸の地酒を、五樽《たる》ほど持参してきた。

寛政の松平様とは、かつて筆頭老中職にあった松平定信のことである。定信は下り酒ばかり有り難がって人気があるのでは、江戸の経済が潤わないと危惧《きぐ》し、幕府所有米を江戸近郊の蔵元に貸し与えて、優良酒の製造を奨励したのであった。ところが、人々の下り酒人気は衰えを知らず、最盛期には地酒の六倍以上の下り酒が飲まれていた。

「お世話をおかけします。よろしく頼みます」

亀吉は丁寧な物腰で季蔵に頭を下げた。

——豪放磊落《らいらく》な人柄を想像していたが——

意外にも亀吉は痩《や》せ型の長身で、亀よりも鶴《つる》に似た上品な印象の老爺《ろうや》であった。洒落者《しゃれもの》でこそなかったが、身なりはこざっぱりと調っていて、一見、大店《おおだな》の大番頭のようにも見える。

「明日は恥ずかしながら、皆さんが誂《あつら》えてくださった紋付き袴《はかま》を着せていただきやす」

照れ臭そうに笑った。

——親しく仕えていると主《あるじ》に似てくるというが、どことなく雰囲気が、亡き伊沢真右衛《しんえ》門《もん》様に似ている。ああ、それから、あの飼い犬のシロにも。シロは痩せてはいないが、肥えすぎてはいないし、何より、品位のある、犬らしからぬ食べ方をする。こちらの方は、シロが親分に似たのだろうが——

亀吉が帰って行った後、

「季蔵さん、ちょっといいかい？」

隣りの米七《よねしち》が勝手口を開けた。

「芝海老《えび》や鮪《まぐろ》をいただきありがとうございました」

季蔵は礼を言った。

海老の天麩羅《てんぷら》江戸っ子風にする芝海老や、鮪のきじ焼き風茶漬けの腹かみは、隣りのよしみだと言って、米七が届けてきてくれていたのである。

「いいから、いいから――」

「とんでもねえ。ところで、恩に着せるようで心苦しいんだが、ちょいと頼みがあるんだがな」

季蔵は勝手口から裏庭に出た。

「亀吉親分の宴には、みやび屋の若旦那さんも来るって話だ。なに、桃代《ももよ》の奴が文で報《しら》せてきたのさ。大旦那さんの方はこのところ、身体《からだ》の具合を悪くしてて、床に臥《ふ》しがちなんだもんだから、代わりに、若旦那の慎吉《しんきち》さんとお内儀《かみ》さんが来るんだと――」

「桃代さんは慎吉さんから聞いて知ったのですね」

季蔵は念を押した。

――若旦那に想《おも》いがあれば、たとえ、桃代さんが奉公人でも、人目を忍んで会い、つい、いろいろ話してしまうのだろう――

「いや、桃代は大旦那さん付きの下働きで、大旦那さんがお内儀さんにそうするようにと、言うのを洩れ聞いたそうだ」

「そうでしたか——」

季蔵は拍子抜けした。

「桃代は、若旦那さんは、大旦那さんとお内儀さんに、自分への想いを打ち明けてて、この隣りに住んでる俺たちの様子を、見に来るんじゃねえかって案じてるんだよ。貧乏だが、疚《やま》しい生き方はしてねえんだから、いいじゃねえかと俺は思うんだが、女房のおま寿《す》ときたら、文が届いてからというもの、掃除にばかり精を出してて、煮売りの商いの方は上の空だ。俺が小言を言うと、〃よく言うだろう？　親を見て、子を貰えって——〃。格式のあるあのみやび屋さんが、家の中をだらしなくしてるような母親の子を、嫁になんぞしてくれるもんか。あんた、ここは桃代が玉の輿《こし》に乗れるか、どうかの瀬戸際なんだよ。桃代さえ、みやび屋さんの御新造《ごしんぞう》になれれば、あたしたちは一生、左団扇《ひだりうちわ》の楽隠居ができるんだから〃って、垂れ目まで吊《つ》り上がっちまうんだ」

「それで頼み事というのは？」

「おま寿は、若旦那さんとお内儀さんに俺が挨拶をしてはどうかと言うんだよ。娘の桃代がみやび屋さんに奉公してるんだから、挨拶するのが普通だろうって——」

「たしかに——」

季蔵は頷いたが、

——米七さんたちの期待通りだといいのだが——

桃代が一方的に、思い込んでいるのではないかとも思われて、一抹の不安が胸をよぎって、

「おま寿は紋付きを着ろとまで言ってるんだが――」

米七は困惑気味である。

「堅苦しい挨拶ではなく、さりげない方がいいかもしれません。そもそもが亀吉親分の還暦祝いの宴なのですから――」

「そうだよな、俺は呼ばれた客でもねえわけだし――」

「どうでしょう。これまた、お隣りのよしみで、米七さんに料理をお手伝いいただいていて、折を見て、ご挨拶なさるというのは？」

「そりゃいい、気が楽になったよ」

両手を打ち合わせた米七の顔がやっと笑った。

二

季蔵が米七の一件を話すと、

「さすが、季蔵さん。桃代ちゃんの想い、もしもってこともあると思ったのね。でも、まあ、大丈夫よ。あたし、さっき、おま寿さんに呼び止められて、桃代ちゃんからの文を見せてもらったの――。あんまり、甘ーい中身だったもんだからかしら、頭から離れなくなっちまったわ」

おき玖は興奮冷めやらぬ様子で、桃代が両親《ふたおや》に宛《あ》てた文の内容を諳《そら》んじた。

おとっつぁん、おっかさん、もう、何も案じることはありません。若旦那の慎吉さんがとてもよくしてくださるからです。おまえの手は水で荒らしたくないからと、あたしを大旦那さま付きの下働きにしてくださいました。あたしは大好きな慎吉さんのそばにいられて幸せです。その慎吉さんがこのところ、臥せっている大旦那様の代わりに、亀吉親分の還暦祝いに行くのだと、お内儀さんと話しているのを耳にしました。おまけに、亀吉親分の還暦祝いは、うちの隣りの塩梅屋さんで開かれることも。これはきっと切っても切れない縁ですね。そうに決まってます。おとっつぁん、おっかさん、それから、そろそろ巣を造り始めているつばめも、お内儀さんに気に入られるといいのだけれど――。

「おま寿さんが何遍も読んで聞かせてくれるもんだから、覚えてしまったのかもしれないわね」

おき玖はふうとため息をついて、

「桃代ちゃんが話しているのを聞いたんじゃなくて、慎吉さんから直《じか》に聞いたんだったら、心配はないんだけど。何せ、お隣りさんは御夫婦して桃代ちゃんを、降って湧《わ》いた玉の輿に乗せようと夢中――」

やや案じる顔になった。

当日、おき玖は季蔵に、

「とにかく目立たない方がいいでしょうから」

耳打ちして、三吉《さんきち》と揃《そろ》いの前掛けと襷《たすき》を米七に渡した。

「それにしても凄《すご》いや」

三吉は損料屋から運び込まれた貸し畳で、座敷に早替わりした土間を見渡している。同様に貸し出してもらった貸し座布団も整然と並んでいる。

一人一人の膳を作ると場所を取り、小上がりを含めても、とても全員の膳は並びきれないため、三人毎《ごと》に一膳を囲む形にして、仕上げた料理を三人分の盛りにして供し、各々が小皿に取って食べてもらうことになっている。

新調の紋付き袴姿で訪れた亀吉には、やはり、相応の貫禄《かんろく》が備わって見えた。鶴に似た気高さがあって、早くに訪れて談笑していた客たちが、一瞬、水を打ったかのように静まり返った。

「今日は皆様、あっしごときのために、お集まりいただきありがとうございました」

正座した亀吉は畳に手をついて頭《こうべ》を垂れた。

「あれでなかなか、気難しいところがあったりして――」

季蔵に囁《ささや》いたおき玖は、亀吉が料理について、持参した濁酒と合わないとか何とか、文句を言うのではないかとしきりに気を揉《も》んだ。

亀吉の意向で祝いの席にありがちな、客たちの追従じみた祝辞等は一切行われない。周囲と談笑しながら亀吉が用意した濁酒を飲み、肴《さかな》を食べる、ただそれだけであった。

――それだけに料理の出来不出来が問われる――

実は季蔵も息を詰めて、客たちの箸《はし》の動きを見つめていた。

だが、案ずるより産むが易《やす》しで、三種の口取り、鰹の新江戸風味と進んだところで、

「これは話に聞いたことがある土佐の鰹料理を江戸風に直したものですな。たしかに新と銘打つのがふさわしい」

亀吉は顔を綻《ほころ》ばせ、豚肉の柚煮、烏賊の共焼きと濁酒が進んでいく。

客たちも倣うように料理に舌鼓を打ちつつ、濁酒を過ごす。

気になっていたおき玖は、料理を運んでいた米七が、みやび屋の若旦那慎吉とお内儀の前に膝《ひざ》をつくのを見逃さなかった。

「そちらに奉公に上がらせていただいております娘に、格別のご高配をいただいておりまして――」

米七は頭を畳にこすりつけるように辞儀をした。

「娘さんがうちに奉公に？」

四十歳過ぎと思われる、整った顔立ちのお内儀は、一筋、二筋、白いものが目立つ大島田の鬢《びん》を直す仕種《しぐさ》をしつつ小首をかしげた。

「おっかさん、桃代のことだよ」

すらっとした細身の若者が言葉を添えた。目鼻立ちが母親に似て端整だった。

――これが慎吉さんか――。たしかに、これなら、役者になれそう。桃代ちゃんが一目惚《ぼ》れして、熱くなっちゃうのも無理はない話――

「ああ、下働きの一人ね」

お内儀はやっと思いだしたが、

「ここにいるのは桃代のおとっつぁんなんだよ」

慎吉の言葉に、

「ああ、そう」

そっけなく呟《つぶや》いた。すると、

「ちょっと――」

慎吉は米七の腕を摑《つか》んで立ち上がらせた。

「実はお話が――」

「へい。では、こちらに」

米七は勝手口へと歩き、慎吉がついて行く。

――気になる、気になる――

おき玖は後を追った。

二人は裏庭へと出る。

おき玖は忍冬《すいかずら》の垣根に身を隠した。

話が聞こえてくる。

「桃代さんのこと、わたしは本気です。ただ、両親の説得が、まだ上手《うま》くできなくて、すみません、特におっかさんの方が頑固で——。この通りです」

慎吉は深々と頭を下げた。

「ありがとうございます」

米七の声が震えた。

「どうか、安心してください。おっかさんもいつか、桃代さんの優しさに気づいてくれるはずですから」

「その一言で、どれだけ、俺も女房もほっとしたかしれやせん。あんな不出来な娘でも、親馬鹿で可愛《かわい》くてなんねえもんだから」

「きっと幸せにします。約束します」

「ありがとうございます、ありがとうございます」

するとそこへ聞き耳を立てていたおま寿が、躍り出てきて、

「この通りでございます。桃代を桃代を、どうか、どうか、よろしくお願いします」

土の上にぺたりと座って頭を下げた。

あわてて米七もそれに倣い、

「どうか、お二人ともお立ちになってください」

　慎吉が声をかけても、米七、おま寿の二人は、そのまま、おいおいとうれし泣きを続けた。

　──ああ、よかった。慎吉さんって、男前だっただけじゃなしに、こんなに誠実だったんだわ。桃代ちゃんって、妬《や》けるほど幸せ者。娘大事のいい御両親、誰が見ても最高のお相手──

　ほっと胸を撫《な》で下ろしたおき玖は、一足先に客たちの座へと戻った。

　膳には海老の天麩羅江戸っ子風が皿に盛りつけられていて、手づかみで煎餅《せんべい》のように味わった亀吉が、半量を残して、

「これはうちのシロの土産にしなければ、恨まれてしまいます」

　客たちを笑わせた。

　三吉の白独活《しろうど》とわかめの酢の物で、口の中の天麩羅の油を拭《ぬぐ》った後、鮪のきじ焼き風茶漬けで締める。

「いやはや、濁酒同様、最後まで息を抜かずに味わい尽くしました。こんな美味い濁酒の肴は、今まで食べたことがありませんでした。生きてきた甲斐《かい》があったというものです。伊沢様、塩梅屋さん、そして、お集まりいただいた皆様、感謝の言葉もございません」

　亀吉は再び畳に両手をついて、まずは隣りに座っていた蔵之進に向けて頭を下げた。

　隅に控えている季蔵にも座り直して礼をする。最後に正面を向いて深々と辞儀を終えた。

　──やはり、亀吉親分はこのまま、退かれてしまうのだろう──

季蔵の頭の中を有終の美という言葉が掠《かす》めた。蔵之進の方を見た。

――そのようだな――

苦笑が返ってきた。

三

「実は皆様、この場を借りて、お話ししなければならないことがございます」

突然、亀吉が切り出した。

笑い顔のままである。

「故郷《くに》に戻り、田畑を耕して残りの人生を送ろうと思っておりましたが、今少し、その時期を先に延ばそうと思い立ちました。こんな老体でも、まだ役に立つことがあると、熱心におっしゃっていただいてもおりますし――」

「それは何よりだ」

蔵之進が飛び上がって喜んだ。

「ほんとうですかい？」

松次が念を押すと、

「ほんとうですとも。皆さん、よろしくお願いいたします」

亀吉は大きく頷き、全員の割れるような拍手がしばらく鳴り響いた。

「こんなめでたいことってありやせん。もっと、あっしぁ、うれしくて、うれしくて、飲んでくださいよ」

勢い込んだ松次が泣きながら、自分専用の甘酒の入った酒器を手に取り、

「松次親分、間違えないでください。わたしは甘酒よりも濁酒の方がいい――」

亀吉が注意すると、座はまたわっと沸いた。

「こりゃあ、すまねえことで。ちょっと失礼しますよ」

松次は蔵之進の膳に載っていた濁酒を、亀吉が手にしている盃《さかずき》に注いだ。

――やったな、俺の思った通りになった――

今度は蔵之進が季蔵に目で頷いた。

「よかった、よかった」

「これで子どもが神隠しにあっても、親はいつか、親分が探し当ててくれると思える」

「親分はずっと、人さらいの悪党に目を光らせてきたっていう話だ。その親分がいなくなっちゃ、心配で子どもを外に出せない」

「亀吉親分は子どもの神様だよ」

「どうか、これからもよろしくお願いします」

親でもある客たちは、口々に亀吉の決意に賛同歓喜した。

「最後に一つ、お話をさせていただいて、お開きといたします」

亀吉は膳の上に盃を伏せた。

すでに顔からは笑いが消えている。

「皆さんにおっしゃっていただいておりますように、わたしは長い間、明日を担う子どもたちのために、少しばかりの働きをいたしてまいりました。子どもは無垢《むく》で純なもの、悪知恵とは関わりがないものだと、信じてきました。たいていはその通りなのですが、たった一件だけ、そうではない子どもがおりました」

そこで亀吉は一度言葉を切った。

「その子どもは罪を犯しました。毒を最中《もなか》に混ぜて友達に食べさせたのです。相手の子どもは死にましたが、その子は薬だと思い込んでいたと言い張り、また、罪を償う年齢《とし》にも達していなかったので、咎《とが》められることもありませんでした。わたしはその子の今後が心配でした。調べて、その子が友達を死に追いやった石見《いわみ》銀山鼠取《ねずみと》りを使って、犬や猫を手に掛けていたことがわかったからです。薬だと言い張っていたのは真っ赤な嘘《うそ》偽りでした。その子は気に入らない友達を殺そうと企《たくら》んで、犬猫を小手調べに使い、とうとうやり遂げたのです」

あれだけ濁酒を傾けたというのに、少しも酔っていない力のある目が瞠《みは》られた。

「そやつは今はどうなっている？」

蔵之進が訊いた。

「罪を犯して、何月も経《た》たぬうちに市中から姿を消しました。親も薄々は気づいていて、遠くの親戚《しんせき》にでも預けたのでしょう」

「今、成長していれば幾つになる？」

「立派な大人になっているはずです」

「なにゆえ、今、そのような昔の出来事を案じるのだ？」

亀吉はそれには応《こた》えず、

「子どもは大きくなると姿形が変わってしまい、なかなか見分けがつかぬものでございますが、その子に限っては、見分けられる自信がございます。特徴のある子どもでしたので――」

そこで言葉を止めた。

「どんな特徴なんでやすか？」

松次の追及に、

「あっしはどんな悪党にも悔いる気持ちはあると信じています。突き止めてお縄にした、人さらいたちでも、訊いてみれば、多少は、良心の呵責《かしゃく》に苛《さいな》まれているものなのです。だから、今、あっしはそれを口にできない。その子が、もし、立派に立ち直っているとしたら、あっしの一言が命取りになるのだから。その子の身体の特徴は、誰にでも見分けられてしまいますから――」

亀吉はつぐんでしまった口を二度と開こうとしなかった。

――亀吉親分ともあろうお人とは思えない、何とも、中途半端な話だった――

この時季蔵は不可解に感じた。

無事、宴を終えた翌日、季蔵は隣りの米七に礼を言いがてら、昨日の宴の日傭《ひよう》を僅《わず》かばかり包んで、つばめ屋を訪れた。

折よく、客が居合わせず、おま寿の姿もなかった。

「すまねえな。無理、きいてもらって、挨拶ができたのも季蔵さんのおかげだ。こっちから礼を言いに行くのが筋ってもんなんだから、金なんて受け取れねえよ」

米七は首を横に振り続けて、決して金を受け取ろうとせず、

「おま寿ときたら、今頃、自分が着るものを見立てに、喜び勇んで、あちこちの古着屋を回ってるところでやしょう。ったく、ここんとこ、いっこうに商いに身が入らねえんだから」

愚痴めいた物言いではあったが、にやにやと笑っている。

「何か、特別なことがおありなのですか?」

「あのみやび屋の慎吉さんがね、近々、大旦那様の病が癒えたら、お内儀さんを説得してもらって、桃代と四人でここへおいでになるってえんだよ」

「それは正式なお話ですね」

「ただし、すんなりとはまだ行かねえ。大旦那様なら、慎吉さんが真剣とわかりゃ、身分違いを許してくれて、お内儀さんに有無を言わせねえようにしてくださるってえんだが、お内儀さんは、みやび屋と釣り合う老舗《しにせ》の菓子屋の娘なんで、とにかく、気位が高えんだそうだ」

「それは何よりです」

季蔵も知らずと笑みを洩らしていた。

「みやび屋さん一家がおいでになるとなりゃあ、俺たちも、一緒に来る桃代に恥を掻《か》かせるわけには行かねえ。それでおま寿は古着屋を見て歩いてるってわけさ。おま寿ときたら、晴れ着なんかの娘のものには、嫁入り前ってこともあって、えらく気前がよかったが、俺たち二人は着たきり雀《すずめ》だったからな。みやび屋の旦那様御夫婦と張り合う気なんて、これっぽっちもねえんだが、両親が貧乏をぶらさげてるような格好じゃ、さぞかし、桃代も肩身が狭いだろうってことになって、二人して、もう何年も買ってない、着物を買うことにしたんだ」

――親はここまでも、子の幸せを願うものなのだな――

軒下に巣作りした親つばめが、せっせと、子つばめに餌《えさ》を運んでいる姿が季蔵の目に入った。

「それで、一つ、あんたに、頼みてえことがあるんだ」

米七は遠慮がちに切り出した。

「わたしで出来ることでしたら、何なりと――」

「せっかくおいでになるのだから、みやび屋さんたちをもてなしたい」

「なるほど」

「ついては、煮売り屋の料理じゃあ――ねえ、ちょっと――。あちらさんは煮売りなんぞ、口にしたこともねえと思うし――」

米七は心もとない表情になって、

「あんたのところは、これといった格式があるわけじゃねえが、先代の頃からとびきり美味いと評判で、あちこちから出張料理の頼みが来てる。噂《うわさ》じゃ、相当の大店《おおだな》や大身のお旗本まで贔屓筋《ひいきすじ》だという。ここは一つ、もてなしを、あんたのところに頼めねえものだろうか？　俺たちは必死だ。これも桃代のためなんだから。どうか、迷惑だなんて言わないでくれ」

すがるように頼み込んできた。

「何をおっしゃるんです。これぞ、隣りのよしみです」

季蔵は快諾して、

「ついては、お好きなものでもわかっていれば――」

「慎吉さんの話じゃ、大旦那様はこれと決める時は、お内儀さんに口を出させないが、食べる物は任せっぱなしだそうだ。だから、お内儀さんの好みに合わせなきゃなんねえ」

「どんなものがお好きなのです？　亀吉親分の宴の料理は、残念ながらあまり楽しんでいただいていないようにお見受けしましたが――」

季蔵はお内儀のはな江《え》が盃を伏せたままにして、箸もほとんど伸ばそうとしていなかったのを見逃していなかった。

四

「あんたには、とてもじゃなくて、言えなかったが、あのお内儀、〝ここで美味《おい》しいのはお茶だけですわ。もっとも、わたしがお茶好きなせいだけかもしれないけれど〟なんて、俺にしゃあしゃあと言ってのけてた──」

　米七は言いにくそうだった。

「濁酒もそれに合う肴も、クセがありますから、好まれない方がいてもおかしくありません。わかりました。お茶好きということで献立を考えてみます」

「恩に着るよ、この通りだ」

　米七は深々と頭を下げた。

　この話を季蔵がおき玖に告げると、

「へえ、あの格式の塊みたいなみやび屋さんがねえ──。変わりに変わったもんだわ。親子揃って、桃代ちゃんを貰《もら》いに来るっていうわけね。それも、桃代ちゃんを連れてだなんて、〝もう、みやび屋の嫁です〟みたいな形で」

　のけぞらんばかりに仰天して、

「亀吉親分の還暦祝いだって、みやび屋のお内儀さんが席に連なったって、世間じゃ、びっくりしてたわ。あそこのお内儀さん、箱入り娘が年齢を取っても変わらず、いつも、えらく、取り澄ましてるって評判だもの。これはすべて、慎吉さんが桃代ちゃんを想《おも》うがゆえだわね」

　しみじみと感心した。

一方、季蔵は茶好きだというだけの好みで、献立を考えようとしていた。

「悩んでる顔ね」

おき玖に指摘されて、

「実は――」

明かされたおき玖は、

「お茶に合う料理ですって？　絶妙に合わないといけないんでしょ。合うお菓子なら、いろいろ思いつくけど。季蔵さん、無理よ、無理。これは濁酒に合う肴より、よほどむずかしいわ」

首を横に振り続けた。

それから何日かが過ぎて、うっすらと空が白みはじめてきた頃、どんどんと油障子が叩かれる音で季蔵は目を覚ました。

「俺だ」

その声は伊沢蔵之進である。

「ワン」

犬が吠《ほ》えた。

油障子を開けると、蔵之進がシロを従えて立っている。

「今しがた、シロが役宅へ来て、亀吉の家へ引っ張って行かれた。何かあって俺を呼んだのだろうと思い、声を掛けたが応えはなかった。家の中に入ったが、亀吉はいない。蒲団《ふとん》も延べられてはいなかった。シロは主《あるじ》がいなくなったので不安になって、馴染《なじ》みのある俺のところへ来たのだろう」

「やはり、思い直して、誰にも言わずに、故郷に帰ったのかもしれませんよ」

「そうだな」

蔵之進は気落ちして、

「ただ、シロが亀吉の家の裏庭の木に繋《つな》がれていたのが気になる。繋がれているシロなど、今まで見たことがなかった。シロは繋いでいた縄を嚙《か》みきって、俺のところへ飛んできたのだ」

興奮している様子のシロは、しきりに蔵之進の羽織の裾《すそ》を嚙み咥《くわ》えている。

その様子は行くべき場所はここではなく、別のところだと示しているように見えた。

「シロはきっと、亀吉親分を探しているのです。シロの道案内で行ってみましょう」

季蔵は身支度を調えて長屋をでた。

――遠くへ行ってしまった主を、一緒に追いかけてくれというのだな。シロの気が済むまでつきあうしかない――

「亀吉のところへ戻りたいのか？　寂しくなって、追いかけたいのはわかるが、もう、いい加減、諦《あきら》めろ」

諭す蔵之進に構わず、シロは羽織の裾を咥え、力一杯引っ張って引きずり始めた。

「仕様がない奴だな」

「仕方がありません」

こうして二人は、一匹に先導されて走るように歩いて行く。

シロは江戸を出る旅人が通る、東海道や中山道《なかせんどう》に続く方角へ向かっていない。

――おかしい、どこへ行くつもりなのか？――

――ということは、亀吉親分は故郷へと旅立ってはいないのでは？――

「箪笥《たんす》の中身をご覧になりましたか？　置きっぱなしにされたものが家にありましたか？」

季蔵は蔵之助に訊いた。

「箪笥の中は改めていないが、大事にしていた煙管《きせる》は長火鉢のそばにあった」

「ならば、故郷に帰ったのではないのかもしれません」

この時、季蔵は亀吉が宴の最後で、お役目を続けると言い切った時、並々ならぬ決心の表情だったことを思い出していた。

――あの顔は、まだ岡っ引きとしてやり残したことがあって、どうしても始末をつけなければと思い詰めていた――

「まだまだ思い出せるぞ。こう見えても、一度目にしたものは忘れない性質《たち》なのだ」

シロに引きずられるようにして走っている蔵之進は、頭を左右にぶるぶると振りながら、しばし目を閉じると、

「亀吉の家の土間に財布が落ちていた。ああ、それから、神棚の上にいつも置いてある十手はなかった」

はっとして目を開けた。

「親分は朝早くから見廻《みまわ》りをなさっておられる」

「まだ、店が開いていないのにか？　亀吉はシロが見廻りについてこようとすると、好きにさせていたものだ。なにゆえ、木に繋いでいたのか？　これには、よほどの事情があるぞ」

蔵之進はいつになく、真剣なまなざしで亀吉を案じていた。

シロは幸山《さきやま》神社の鳥居の前に止まった。幸山神社の三百段ある階段は、願い事を叶《かな》えるためのお百度参りで知られている。

シロは蔵之進の羽織の裾から口を離すと、階段を走るように上り始めた。あまりの速さに、蔵之進も季蔵もついて行くのがやっとである。

下りてくる商家のお内儀風の女と行き合った。

「こんなこと、こんなこと――」

年配の女の顔が青い。

「どうされました？」

季蔵は声を掛けた。

「このところ、疱瘡《ほうそう》に罹《かか》った末娘の治癒祈願に通ってきています。こんなことに遭っては、ああ、もう、娘は――治るものも治らないのでは――」

階段の途中で立ち止まっていた女は、上を仰ぐように見てよろめいた。

「しっかりしてください」

抱き止めた季蔵は、

「いったい何が起きたのです？」

女を石段に座らせた。

その間にシロと追いかけている蔵之進の姿が見えなくなった。

「上で神様の前で年配の男の人が死んでいました」

女は声を震わせた。

この時、滑るように下りてきた蔵之進が季蔵の目の前に、よく使い込まれている十手を差しだした。

「亀吉のものだ、間違いない」

蔵之進は必死に感情を抑えている。

「それでは――」

「上で死んでいるのは亀吉だ。我らに報せて勤めを果たしたシロは、今、主の骸《むくろ》に付き添い動こうとしない」

淡々とした口調の中に悲しみが感じられた。

上からも、ワワーン、ワワーンと、シロが低く哀《かな》しそうに鳴く声が聞こえている。

この後、季蔵は通りかかった棒手振《ぼてふ》りに頼んで、女の家族と番屋に人を走らせた。

腰を抜かした女が駕籠《かご》で帰って行った後、季蔵は本殿に向かって階段をのぼり、蔵之進やシロとともに、骸になってしまった亀吉を見守り続けた。

駆け付けた松次は、

「親分、亀吉親分、どうか、目を開けてくだせえ。親分のことは兄貴だとずっと思ってたんで、いなくなったりしちゃ、心のタガが外れちまいまさ。お願げえです、目を開けて、〝松次、俺は生きてるぜ。こんなとこで、何、すっとぼけたこと言ってんだ？　お役目大事だろうが――〟って叱《しか》ってくだせえよ」

しばらくの間、おいおいと泣きながらとりすがった。

「亀吉は死んでいる」

蔵之進はきっぱりと言い切り、

「残念ですが――」

季蔵は頷いた。

蔵之進は亀吉の見開いたままの両目を改めて、

「目に細かな点状の血の痕《あと》があるものの、他には、刺し傷も首を絞められた痕も見当たらない。死んだ因《もと》は卒中、病死だ」

少しも心の揺れが感じられない口調で続けた。

「亀吉親分に持病があったなんて、聞いてやせんぜ」

「松次、俺は、おまえ以上につきあいが多かったが何も聞いていない。亀吉が身体の不調を口にする男だったと思うか？」

松次は黙ってうなだれた。

「それに、卒中は、突然、何の前触れもなく、襲いかかってくることが多いものだと、医者が言っていた。亀吉は相応に老いていた。重病に取り憑《つ》かれ、苦しんで死ぬ羽目にならなかったのは幸いだったと俺は思う。ただ、残された俺らは切なさがすぎる。たまらない、寂しい――」

蔵之進は初めて声を詰まらせ、

「ワワーン、ワワーン」

シロは尾を下げたまま応えた。

五

この後、松次が戸板を手配して、亀吉の骸は念のため、番屋へ運ばれた。

「通夜、葬式の段取りは俺がする」

蔵之進はそう言って松次を見送って、

「それにしても、俺は弔いにばかり縁がある。つい、この間、養父を送ったばかりだというのに――」

重いため息をついた。

「亀吉親分は絆《きずな》の深かった、ご養父の真右衛門様に呼ばれたのかもしれません」

季蔵がつい、ありがちな応えをすると、

「そんなことがあるものか」

蔵之進は眉《まゆ》を上げた。

「この世の悪を憎み、根絶することを天命と決めていた養父が、お役目に余生を捧《ささ》げようとしていた、亀吉の尊い決意を妨げるとは思えない」

――迂闊《うかつ》な物言いをしてしまった――

一瞬、季蔵が言葉を続けられないでいると、

「シロ、なにゆえ、おまえはここにいるのだ？」

蔵之進は担がれている戸板の後を追おうとしないシロに話しかけた。

「どうしたんだ？　シロ、一緒に来い」

松次が誘ってもそちらの方には行かず、くんくんと嗅《か》ぎながら、ぐるぐると本殿の周囲を繰り返し回っている。

「置いて行くぞ」

松次に付き添われて、戸板は石段を下りはじめた。

「シロ、早く行け」

さらに蔵之進に促されても、シロは回り続けるのを止《や》めない。

――あの騙《だま》し蔵を見つけた時も、ちょうどこんな様子だった――

「シロは何か、わたしたちに見てほしいものがあるのかもしれません」

季蔵はシロを追いかけて本殿の裏手へと回った。後ろから蔵之進もついてくる。

シロは裏手の草地に座ると、

「ワワン、ワワン」

鼻を下に傾けて訴えるように吠えたてる。

季蔵は中腰になって、シロが指し示した草地に屈《かが》み込んだ。

――きっと、何かがある――

酒の匂《にお》いがした。

気のせいではない。

正確には、草と酒の匂いがまじった匂いであった。

「この場所に酒がこぼれていたようです。これは濁酒ですね、匂いが濃いです」

「あったぞ」

後ろを振り返ると蔵之進が、割れた瀬戸物の欠片《かけら》を手にしていた。

突然、強く風が吹いた。

急にシロが走り出して、大きな銀杏《いちょう》の木に向かって、

「ワワン」

一吠えした。

季蔵は青々と葉が茂っている、大銀杏の枝にふと目を向けた。

「あそこにもあります」

下駄を脱いで木に登り、地面から数えて二列目の枝に掛かっていた、細い麻紐《あさひも》を手にし

て下りた。

その麻紐からも濁酒の匂いがしている。

季蔵に麻紐を渡された蔵之進は言い切った。

「瀬戸の欠片と麻紐、どちらも濁酒の匂いがしているとなると、これの元の形は大徳利だったな。ここで持ち主の大徳利が割れ、その時も風が吹いていたのだろう。瀬戸の欠片と麻紐がそれぞれ別の場所に落ちた。欠片は俺が見つけ、別のところに落ちていた麻紐は、また、風が吹いて空に巻き上げられ、木の枝に引っかかったのだ」

「亀吉親分はお役目の折にも、濁酒をたしなまれましたか？」

季蔵は訊いた。

「いや、たいそうな濁酒好きではあったが、お役目の十手を持っている時は、決して飲まなかった」

「それではこれは亀吉親分の徳利ではありませんね」

――ならば、いったい、誰のものなのだろう？――

「ワワン」

そこでまたシロが吠えた。

シロの鼻はしきりに黒い土の上を擦《こす》っている。

「何だ、今度は何を見つけたのだ？」

二人は額を寄せ合うように屈み込んで、シロの鼻の示す先を凝視した。

丈の短い雑草を薙《な》ぎ倒してついている、履物の跡であった。

やや大きさの異なる下駄と雪駄の跡が、重なり合うようにして無数についている。

「これは人と人が争った跡だ」

蔵之進は黒土に食い込んでいた瀬戸の欠片をほじり出した。鼻を近づけて頷き、

「またあった」

雪駄の跡だけが、本殿の表側へと黒土の上をジグザグに続いていて、履いていた主がよろめいた証《あかし》が見てとれる。

二人はその跡を追って、亀吉の倒れていた場所に行き着いた。

「亀吉は殺されたのかもしれぬ。そして下手人は大徳利を持参してきた奴だ」

蔵之進は怒りで声を震わせた。

——相手の足跡はまだ見届けていない——

季蔵は裏手に戻ると、重なり合っていた足跡のもう一方を辿《たど》ろうとした。

向かって左に歩いた亀吉の足跡とは、反対の右方向に雑草が薙ぎ倒されている。

右手も左手同様、やがて、草地が途切れ、黒土となって、本殿の表へと続いている。

しかし、その上を歩いていたはずだというのに、亀吉の足跡のような下駄の跡は見当たらない。

「裸足《はだし》になったのですね。裸足でついた跡なら、風で吹き飛んで見えなくなってしまうとわかっていたのでしょう」

季蔵は後ろに戻ってきていた蔵之進に告げた。

「瀬戸の欠片がこれだけなのも、拾い集めて持ち去ったからであろう。急ぎ、亀吉の骸を改めなければ――」

二人と一匹は石段を走り下りて、戸板の一行を追いかけた。


番屋に奉行所付きの牢医《ろうい》が呼ばれて、毒死の有無が判別された。

銀の箆《へら》が口中に差し込まれた。

変色すれば毒死と見なされるが匙の色は変わらず、全身に不審な痣《あざ》や打ち身もなく、亀吉はやはり卒中死、病死と決まった。

「銀の箆ではわからぬ毒を盛られたのかもしれぬ。割れていた大徳利が何よりの証だ」

蔵之進は毒死に拘《こだわ》り続けたが、

「わたしは大徳利が割れていたからこそ、卒中死の証だと思います」

「濁酒に毒が混ぜられていなかったと申すのか？」

「毒が混ぜられていれば、濁酒の掛かった草を舐めていたシロの具合が悪くなるはずです」

季蔵は亀吉の骸にぴったりと身体を寄せているシロの方を見て、

「それに、亀吉親分は十手を手にしているお役目中、決して、濁酒を飲まなかったとおっしゃったではありませんか？」

「争ったのは相手が襲いかかってきたからか？」

「たぶん。もちろん、親分の方が当初は優勢だったことでしょう。ですが、途中、親分は卒中に見舞われたのです」

「それで相手は手を下すのを止めたのだな」

「それまでに、卒中で死に至った者を見て知っていたのかもしれません」

「放っておいても、あと少し待てば死ぬから、あえて殺す必要はなかったわけだな」

季蔵は黙って頷いた。

「濁酒を持参したのは、亀吉が濁酒好きと知っていたからだろう？　下手人は亀吉をよく知っているか親しい奴だ」

「濁酒に毒を混ぜなかったのは、親分が濁酒の味にうるさいと知っていたからです。舌の上に乗っただけで毒入りと見破られて、吐き出されてしまうと――」

「濁酒は亀吉を油断させるために持参したのだな」

「ところが親分は勧めを断ったはずです。それで、襲いかかって、首でも絞めようとしたのではないかと思います」

「そして、争いになって、大徳利が落ちて割れたと――。後はあの場の足跡やらの証が示す通りだ。だが、濁酒好きと知っていたというだけでは、とても下手人には行き着けない」

蔵之進は両腕を組み合わせた。

「亀吉親分は深夜、十手を持って幸山神社の本殿へと行きました。濁酒好きを知っている親しい相手だとしたら、十手を持っていたのも、深夜に会うという約束も今一つ、合点が行きません」

季蔵は正直な疑問を口にした。

「俺が気になっているのは、なぜ、亀吉は、あのような状態で、拝殿の裏から表まで歩いたのかということなのだ」

「それは相手から逃げるためもあったのでしょうが――」

その先は蔵之進が引き継いだ。

「亀吉ほどになれば、発作に襲われたとたん、もう助からないと察したはずだ。骸になった後、早く、見つけてほしくて、苦しい中を表まで歩いたのだ。亀吉は常々、三途《さんず》の川は岡っ引きの形《なり》で、十手を腰にぶらさげて渡りたいと言っていた。そうなるとつまり――」

「亀吉親分は深夜の捕り物の最中に亡くなったのです」

季蔵は迷うことなく言い切った。

六

病死と見なされた亀吉の弔いが済んで、何日か過ぎ、季蔵が亀吉の死んだ時の様子を、証を上げつつ松次に告げると、

「襲われてなきゃ、亀吉親分は卒中で死にはしなかったかもしんねえんだな。となると、

殺されたも同然じゃないか」

「亀吉親分は俺にとっちゃ兄貴みてえな人だったんだ。ちきしょう、ちきしょう」

柚茶と甘酒を交互にがぶ飲みして、
飯台を叩いた。

北町奉行烏谷椋十郎《からすだにりょうじゅうろう》が塩梅屋を訪れたのは、皐月《さつき》も節句を過ぎたある日の八ツ（午後二時頃）であった。

「お珍しい」

迎えた季蔵は思わず困惑顔を向けた。

忙しい烏谷が文を寄こさずに訪れるのは、ごく稀《まれ》である。

――困った。すぐに用意できる食べ物がない――

この日の賄《まかな》いは深川飯であった。

浅蜊《あさり》を長葱《ながねぎ》、油揚げと一緒に甘辛い出汁《だし》で煮て、出汁だけを米と合わせて炊きあげ、後で浅蜊や長葱等と混ぜ合わせて仕上げるこの一品は、三吉の大好物なので、釜《かま》にはもう一粒の飯粒も残っていなかった。

「腹が空《す》いておる」

烏谷が眉を上げて空腹を訴えている。

烏谷は巨漢に不似合いな童顔の持ち主で、屈託のない笑顔を絶やさず、奉行らしからぬ親しみやすさを強調しているものの、空腹時には、強引で実は気短でもある本音を覗《のぞ》かせるのだった。

「これで何とかならぬか」

烏谷は無造作に片袖から、青々とした小さな葉の束を取り出して季蔵に渡した。

得も言われぬ青くさわやかな香気が香り立つ。

「新茶の生葉ですね」

季蔵はため息をついた。

――はじめて目にする――

「新茶の生葉を食わずに死んでは、食通とは言えぬという話を耳にして、人に頼んで手に入れた。市中からいくらか離れたところのある寺では、今頃、宇治茶と比べても引けをとらない、極上の生葉を摘み取っているのだとか――。隠れた名産よな」

烏谷はにやりと笑った。

――お奉行様はまた、わたしの料理の腕を試そうとなさっているのだな――

烏谷の唯一の道楽は食であった。

「空腹ならば、すぐに支度をいたします」

季蔵は離れに案内した後、早速、この貴重な生葉を使っての料理を作り始めた。

芯《しん》から新茶の生葉を摘み取るたびに、芳《かぐわ》しい香りがあたりに広がる。

「わあ、いい香り」

おき玖はうっとりし、

「これ、もしかして、料理にして食べちゃうの？　おいら、お茶は飲むもんだとばっかし思ってたよ」

三吉は目を丸くした。

――まずは空きっ腹を満たしてさしあげなければ――

季蔵は生葉を使った茶素麺《そうめん》を作ることに決めた。

布巾《ふきん》で汚れを落とした生茶葉と、剝《む》いた胡桃《くるみ》の実をそれぞれすり鉢で擂《す》り、菜種油、塩、唐辛子《とうがらし》少々と合わせる。

これに茹《ゆ》で上がった素麺を合わせて仕上げた。

「さっぱりとした塩味が、新茶の生葉の香りを引き立ててるのね」

一箸試食してみて、おき玖は舌鼓を打ったが、

「ただし、お奉行様は江戸っ子好みの醬油《しょうゆ》好きなので――」

季蔵はもう一種、別味の茶素麺に挑戦した。

生茶葉と胡桃の実、菜種油を使うところまでは同じで、塩と唐辛子ではなくクコの実をすり混ぜ、醬油と味醂《みりん》適量で味付けしてみた。

「おいらはこっちの方が食べた、腹に溜《た》まったって感じがするよ。醬油の代わりに味噌《みそ》なんかもいいんじゃねえかと――」

三吉の言葉に、

「いや、味噌では新茶の風味が消されてしまう」

季蔵は首を横に振った。

「新茶素麵を二種、ご用意してみました」

離れの烏谷に供すると、

「ふむ」

箸を取って、あっという間に平らげた烏谷は、

「塩味を食べなければ、醬油味の美味《うま》さがわからず、その逆も真なりだ。ともかく、美味い‼　でかしたぞ」

にっこりと笑った。

「お代わりはどうされます？」

「茶葉はもう、さほど残ってはおらぬだろう」

「はい。素麵にたっぷりと、擂った茶葉をまぶしましたので」

「それでは、これはもうよい。あと一品、別の生茶葉料理を味わいたい」

「わかりました」

季蔵は生茶葉の天麩羅に取りかかった。

生茶葉に限らず、紫蘇等、葉の天麩羅は一瞬の揚げ技で味が決まる。

洗って、さっと水気を切った生茶葉には、小麦粉を薄くまぶしておく。

これを冷水で溶いた小麦粉に潜《くぐ》らせて揚げる。揚げすぎると色が黒ずんで美しくない。

季蔵は塩と天つゆの両方を添えた。

すでにおき玖が、温《ぬる》めに燗《かん》を付けた下り酒を離れに運んでいた。

「おっ、天麩羅ときたか――」

天麩羅は烏谷の大好物であった。

嬉々《きき》として箸を伸ばして、さくさくと味わいながら、

「生茶葉とは何とも繊細優美な風味よな、まるで、美人の絵姿のようだ」

感嘆を洩らして後、

「こやつと相性のいい酒は下りと決まっておる」

ふふふと含み笑いした。

――生茶葉料理に限らず、お奉行様はどんな料理にも下り酒一辺倒のはずだ――

季蔵は烏谷の物言いが引っかかった。

――言いたいことが他にあるのだ。そもそも、食い気だけのことで、何の前触れもなく、ここに立ち寄る御仁《ごじん》ではなかった――

「わしとて、下りばかりを好んではいない。濁酒とて、美味い肴があれば、飛んで来たものを――」

――ああ、やはりそうか――

「南の亀吉親分の還暦祝いは、親分が招く方を決められたので――」

――招かれなかったことをごねる、子どもじみた御気性ではない――

「そうも聞いている。まあ、わしが顔を出したところで、亀吉の寿命が延びたとは思えぬが――」

烏谷は思わせぶりに言うと、じっと季蔵の目を見た。

烏谷の地獄耳は、どんな些細《ささい》なことでも、市中で起きている変事を聞き逃さなかった。

――これはわたしへの叱責《しっせき》だ――

「お話ししようと思っていたところでした」

「亀吉は捕り物の最中に死んだと田端に聞いた。そちは松次に話したというが、わしに先に報せてほしかったぞ」

烏谷の丸いはずの大きな目が睨《にら》み付けてきた。季蔵は刃の輝きで全身を射貫《いぬ》かれたような気がした。

「申しわけございません」

季蔵は頭を垂れた。

「南の伊沢蔵之進が動き出している。これ以上、隠し立てをされては困る」

烏谷は季蔵を睨み続けている。

「隠すつもりなど毛頭ございませんでした。亀吉親分は南でお役目を果たされていた方でしたので、関わっていた捕り物がどんなものであったかは、親しかった伊沢様が詮議《せんぎ》なさるものだとばかり思い込んでおりました」

「蔵之進は寺社方に、亀吉が死んでいた幸山神社の本殿の詮議を願い出ておるのだ」

寺社の詮議は町奉行所の差配違いであった。

「それはまた、何ゆえでございますか？」

季蔵は驚いて顔を上げた。

「亀吉の飼い犬だったシロという犬は、今、蔵之進が預かっている。そのシロが毎日のように、幸山神社の石段を上り詰め、本殿の周囲を廻り続けて、吠え立てるそうだ。亀吉の骸だけではなく、我ら北が市中見廻りの際、騙し蔵や、悪事に関わった男の一人を見つけたのも、たしかこのシロだった。だが、シロは南の亀吉の飼い犬ではあったが、人ではない。人ではないシロに免じて、一連の詮議を南に譲るわけには行かぬ」

——ようは北と南の縄張り争いか——

季蔵は少々空《むな》しい気がした。

「シロが幸山神社で嗅ぎつけているのは、おそらく酒の匂いであろう」

烏谷は話を続ける。

「幸山神社が騙し蔵に使われていたかもしれないとおっしゃるのですね」

「酒樽を背負って、石段を上り下りする人足さえ集められれば、夜間、誰も近づかないあの場所は格好の取り引き場になる」

烏谷は言い切った。

七

「よいか、この一件、断じて、南に先を越されてはならぬぞ」

烏谷は口を真一文字に引き結んで帰って行った。

翌日、季蔵は茶屋に立ち寄って、新茶をもとめてから店に急いだ。市中の茶屋で売られている新茶は残らず、焙煎《ばいせん》済みの乾いた品である。

「今日の賄いは、つばめ屋さんに頼まれた、お茶使いの一品を作って、食べてもらうことにしました」

「お茶に合う料理を思いついたのね」

おき玖はにっこりした。

「今はせっかく新茶の時季なのですから、お茶に合う料理というよりも、なるべく、新茶を使った料理を工夫してみることにしました」

「昨日、お奉行様にお出しした新茶の生茶葉料理に案を得たのね。でも、生茶葉はよほどの伝手《つて》がないと手に入らないでしょう？　新茶は一瞬の香りが命。摘みたてでないと風味が飛んでしまう。みやび屋さんたちがおいでになる日に合わせて、摘みたてを届けてもらうことなんて出来るの？」

「生茶葉料理は諦めてこれを」

季蔵はもとめてきた新茶の包みを開けた。

「まあ、これもいい香り」

先ほどおき玖が言った通り、ぱーっと強く香るものの、どっしりと長く香り続けないのが新茶の特徴であった。

そのため、新茶に限っては、沸騰した熱い茶を急須《きゅうす》に注いで、すぐに湯呑《ゆの》みに移して供す。

その点はもとより、熱すぎない湯でじっくりと淹《い》れる、玉露や煎茶とは違っている。

「いただいちゃおう、初新茶」

おき玖は、はしゃいで、早速、湯呑みに注いで啜《すす》った。

「皐月の風そのものね。若葉の匂いがしてる。目を閉じると木々の若葉に目映《まばゆ》い光が透けて見えるようだわ。これは口福というよりも、鼻のご馳走《ちそう》」

うっとりしているおき玖に構わず、季蔵はまた薬罐《やかん》を竈《かまど》にかけ直して、熱い湯で新茶を淹れた。

「淹れた新茶を料理に使うの？」

「はい」

季蔵は米を研ぎ、新茶と酒を注いですぐに炊き始めた。この時の酒は、新茶の繊細な風味を損なわない、上質ではあるがやや薄めの下り酒である。

炊きあがる間に、乾いた新茶葉をすり鉢に入れ、擂《す》り粉木《こぎ》で叩いて細かな粉にした。口あたりがいいよう、完全に粉にするのは手間がかかった。

「何か、あたしに手伝えることない？」

「それでは炒《い》り卵をお願いします」

おき玖は鉢に割り混ぜた卵を、竈にかけて、菜種油を敷いた平たい鉄鍋に移して、丁寧に炒りつけていく。

炊きあがった飯に、新茶葉粉を入れてよく掻《か》き混ぜ、蒸らした後、残しておいた新茶葉粉を振りかけ、炒り卵を載せて飾る。

箸を取ったおき玖は、

「食べる時に新茶葉粉を振りかけるのがミソね。今度のはまちがいなく口福と、鼻福の両方よ」

ふーっと吐息をついた。

使いから戻ってきた三吉は、今日の賄いを前にして叫んだ。

「あ、変わり山吹めしだ」

「そういえばそうね。あたしは菜の花みたいだって思ったけど、今はもう、山吹の時季だもの――」

――山吹めしか――

季蔵は思いついて、残っている卵を茹《ゆ》で始めた。

山吹めしは卵を炒りつけるのではなく、茹で卵にした黄身だけを丹念に裏漉《うらご》しして、炊きたての飯の上に載せ、熱い出汁をかけて、三つ葉を添えて仕上げる。

季蔵は裏漉しした黄身を、炒り卵の代わりに載せて、

「どうか、食べ比べてみてください」

おき玖に頼んだ。

一度置いた箸を取り上げたおき玖は、

「炒り卵より、黄身の裏漉しの方が繊細な舌触りで、新茶葉粉としっくりしてるわ。上品だし。おもてなしにはこちらの方がいいかもしれない」

と洩らし、

「おいらは炒り卵の方がいいや。菜種油がいい具合に染みこんでて、食べたっていう気がする」

三吉はがむしゃらに炒り卵を載せた新茶飯を掻き込んだ。

「でも、これだけじゃ、みやび屋さんのおもてなし膳にはならないでしょう？」

おき玖はまだ案じている。

季蔵は紙に筆で、〝若葉膳〟とだけ書き記した。

「先ほど、お嬢さんがおっしゃっていた若葉という言葉から思い立ちました。新茶飯しか考えついていなかったのが、若葉という言葉で開けたような気がしています。おかげで、ここ何日間かで献立を作り上げることができそうです。ありがとうございました」

季蔵はおき玖に向けて頭を下げた。

この日の夕刻近くのことである。

烏谷からの文が届いた。

以下のような文面であった。

わしは今宵も強風が吹くと見ている。この強風で、幸山神社本殿の閂《かんぬき》が外れぬことを祈るばかりだ。強風に火事はつきものゆえ、大事がないか、九ツ（午前〇時頃）過ぎに、是非とも確かめてきてほしい。命である。

烏谷

――なるほど――

季蔵は驚かなかった。

――南が寺社方の許しを得る前に、幸山神社に忍び込んで調べようというのだな――

季蔵は暖簾《のれん》を片付け、行灯《あんどん》の火をおとして、三吉を帰した後、

「このところ、鍋の汚れが気にかかっていました」

しばし居残る旨をおき玖に告げて、鍋磨きに精を出した後、九ツ過ぎに行き着けるよう店を出た。

草木の匂いがする夜道も、この時分になるとひやりと冷たい風が吹いている。

――だが、強風ではない――

幸山神社が見えてきた。

足音を忍ばせつつ石段を上がる。

本殿の前に立った。

――思った通りだ――

門が外されている。

中に入った季蔵は目を瞠《みは》った。

行灯が点《とも》されている。

広い土間に設けられた、ご神体を安置させるための高座に、蔵之進が胡座《あぐら》をかいて座っている。

そばに蹲《うずくま》っているシロが季蔵に向けて、ワンと吠えて尻尾《しっぽ》を振り続ける。

「そろそろ、来る頃だと思っていた」

蔵之進は愉快そうに言ってのけ、

「如何《いか》にも、北のお奉行様、カラスらしい仕切りだ」

目を細めて、

「欲に目が眩《くら》んだ者どもにかかって、どこぞへ売り飛ばされたご神体の代わりに俺が座ってみた。京に本社があり、帝の縁にもつながる、古式ゆかしき格を持つ社がこれでは情けない」

からからと笑いながら、二つに畳んで手にしている懐紙を広げて見せた。

「今度は俺が這《は》いつくばってやっと見つけた」

「これは――」

季蔵が嵯峨屋《さがや》の蔵で見つけた、杉の木片と似た木片であった。

「蔵之進様が寺社方に詮議の許しを乞うたというのは、お奉行様の方便だったのですね」

――たとえ、騙し蔵に加担していても、正攻法では裁けぬと思われて、お奉行様はこのようなことを――

「如何にも」

頷いた蔵之進は、

「俺が、この件は長きにわたって続いている悪事でもあり、岡っ引きの鑑《かがみ》だった亀吉の無念を晴らすためにも、北と南で力を合わせたいと願い出た時、カラス殿はこう仰《おつしや》ったのだ。〝表向き、北と南が競い合っていなければ、切磋《せつさ》琢磨《たくま》できぬというのが、長きにわたるお上のお考えだ。それゆえ、競い合うふりの陰でこっそり力を貸し合ってほしい〟と。こっそりというは、おまえさんと俺、二人だけで動けという意味合いのようだ」

――たしかにあのお奉行様らしい細心な巧み方だ――

「嵯峨屋で見つけたものと同じかどうか、比べて見てくれ」

蔵之進は季蔵の手に見つけた木片を渡した。

幸いにも季蔵は、嵯峨屋で見つけた証をまだ持っていた。

水のような酒を上等な下り酒と偽られ、売りつけられた相手が吉富《よしとみ》とわかり、手下二人を殺したと思われる、下手人の女の詳しい目撃談を聞くことができたので、

「これはもういいや、見つけたあんたが持っててくれ。酒樽を運ばされて、あっさりと、殺された奴の恨みがこもってるみてえで気味が悪い。といって、証とあっちゃ、捨てるに

捨てられねえしな」

松次が返してくれていたのである。

行灯にかざして二片を見比べた季蔵は、

「二片とも杉片です。このような形の杉片が、酒樽以外から剝《は》がれることなど、ありはしないでしょう」

大きく頷いた。

第四話　供養タルタ

一

それから何日かは何事もなく過ぎた。蔵之進《くらのしん》の訪れもない。

——騙《だま》し蔵で手下二人と、調べていたに違いない亀吉《かめきち》親分まで殺《あや》めたと思われる女の手掛かりはまだないようだ——

「月半ばの吉日だって、桃代《ももよ》が報《しら》せてきた、いよいよだ」

隣りの米七《よねしち》は興奮気味に告げに来て、

「大丈夫なの？」

おき玖《く》は茶が使われている、これぞという料理などできるのだろうかと、しきりに案じたが、

「まあ、一通りは考えてみました」

季蔵《としぞう》は紙に若葉膳《ぜん》の献立を書いて見せた。

若葉膳

口取り　新茶豆腐
お造り　胡瓜《きゅうり》の刺身素麺《そうめん》風新茶風味
焼き物　お茶の葉入り卵焼き
蒸し物　鯛《たい》のお茶蒸し
揚げ物　筍《たけのこ》の抹茶若草揚げ
煮物　鰯《いわし》のお茶煮
ご飯　山吹新茶飯
汁　新茶清汁《すましじる》

「これには三種の茶葉を使います。今は新茶の時季なので、思い切って、新茶を使う料理を盛り込みました。熱を長時間、加えない料理ばかりです。さっと揚げる、筍の抹茶若草揚げにも、新茶粉は使えるのですが、抹茶ほど色鮮やかには仕上がらないので、これに限っては抹茶使いをしました。鯛のお茶蒸しや鰯のお茶煮に使う茶は、わたしたちが四季を通じて飲み慣れている煎茶《せんちゃ》です。蒸したり、煮たりと長く熱を加えても、煎茶の香りは力強く残るので頼りになります。ただし、もてなし膳ですので、常より多少、高く、質のいい煎茶を使うつもりです」

季蔵の説明に、

「これほどお茶の料理が深いとは――」

おき玖は驚くと共に、ほっと安堵《あんど》した。

「さあ、試作にかかるぞ」

季蔵は三吉《さんきち》に声を掛けて早速、買い置いてある新茶を使った料理から始めた。

「乾燥させた茶葉であっても、新茶の寿命は、もとめた時から尽き始めると言われているほどですから、まずはこれから試してみましょう」

「わたしも手伝う」

おき玖は両腕に襷《たすき》をかけ替え両袖《そで》をたくし上げた。

「それではお嬢さんには、この前拵《こしら》えた山吹新茶飯をお願いします」

「お、いいな。おいら、あれ大好き」

三吉がごくりと生唾《なまつば》を呑《の》み込んだ。

「今からだとちょうど賄《まかな》い時に間に合うわ」

おき玖の言葉に、

「山吹新茶飯も新茶使いだから、今日の賄いは新茶尽くし‼」

三吉がはしゃぎ声で応《こた》える。

こうして、この日の賄いを兼ねた新茶尽くしの試作が始まった。

新茶豆腐から始める。

「これは抹茶豆腐から思いついたものだ」

抹茶豆腐は精進料理の一種である普茶《ふちゃ》料理の一つである。水でふやかして綺麗《きれい》に洗った寒天を鍋《なべ》に入れ、水を加え、火にかけて煮詰め、豆乳、砂糖、抹茶を入れ、型に注いで冷やし固めて仕上げる。

「あれっ、豆乳、入れないの？」

首をかしげる三吉に、

「抹茶なら豆乳に負けない風味だが、新茶ともなると一時の清風のようなはかなさだ。ここは一工夫してみた」

季蔵が取り出した小皿には、新緑色に擂《す》られたねっとりした塊が載っている。

これはさっと熱い湯をかけて開かせた新茶葉を、根気よく擂り潰《つぶ》したものであった。

この新茶葉の擂り潰しを火から下ろして、ほどよく冷めた寒天水に和三盆とともに入れて、若葉の色が出てきたところで、丹念に漉《こ》して、流し缶に入れて固める。

「さあ、次は胡瓜の刺身素麺に新茶を使う」

「おいら、新茶清汁だとばかし思ってた。あれにも使うんでしょ、新茶葉の擂り潰し？」

またしても合点がゆかない三吉に、

「新茶豆腐に使った新茶葉の擂り潰しには、山吹新茶飯を炊くために淹《い》れた新茶の開いた茶葉を使った。胡瓜の刺身素麺風には、濃く淹れた新茶を使うから、やはり、また開いた茶葉が出る。おまえが見抜いた通り、新茶清汁にも新茶葉の開いた茶葉を擂り潰して使うから、こっちの方はおまえに任せる。一人でやってみろ」

季蔵は励ますように微笑《ほほえ》んだ。

「胡瓜の刺身素麵風にどうして、淹れた新茶が要るのか、あたし、皆目、見当がつかない」

新茶飯を釜《かま》に仕掛けたおき玖は、茹《ゆ》でた卵の黄身に漉し器を使いながら、ちらちらと季蔵の手元を見ている。

「ああ、こんなものかとがっかりされるかもしれませんが――」

俎板《まないた》に旬《しゅん》の胡瓜を置いた季蔵は、小指の先ほどの幅でくるくるとかつらに剝《む》き始めた。終わると、片手の掌《てのひら》を広げた長さに切り揃《そろ》えて、四角い皿の上に盛りつける。

沸かしてあった湯で濃いめに淹れた新茶に、醬油《しょうゆ》と塩を合わせて混ぜ、冷めるのを待って、小皿に取ると、

「このタレで胡瓜を召し上がってみてください」

まずはおき玖に箸《はし》を渡した。

「ああっ――」

おき玖は感嘆した。

「胡瓜と新茶の組み合わせなんて、思ってみたこともなかったけど、二倍の清々《すがすが》しさね。ほんとはあたし、今頃、緑の葉をつけてる木や草の前を通りすぎる時、何とも清々しい香

りがしてきて、美味《おい》しそう、食べられないものなのかしら、食べたら、身も心も綺麗になりそうって、真剣に思ったりしてたのよ。でも、木や草の葉なんて、食べたって苦いだけだってわかってるから、試したことはないけど——。だから、何だか、これで、長年の夢が叶《かな》った感じ——」

「こいつを胡瓜の刺身素麺風新茶風味って名付けた季蔵さんの粋《いき》っぷりが凄《すご》い」

三吉はそう言いながらも、おき玖が仕上げている、大好物の山吹新茶飯から目を離せないでいる。

「三吉、手が留守だぞ」

季蔵の怒気を含んだ声に、はっと我に返り、

「あ、そうだった」

すっかり忘れていた、新茶清汁に取りかかった。

「いつまでも急須《きゅうす》に入れっぱなしにしておくと、風味がどんどん落ちる」

「すいません」

早速、三吉は急須の中から取りだした開いた新茶葉を固く絞って、すり鉢に移して擂り潰していく。

「新茶豆腐が和三盆なら、清汁のこっちは赤穂《あこう》の塩だよね」

訊《き》かれた季蔵は、

「それもいい」

頷《うなず》きはしなかった。

「おいら、塩以外にはないって思うけど――」

三吉は泣きベソを隠すために下を向いた。

「まあ、擂り潰した新茶葉を椀《わん》に取って、湯を注いでみてから考えよう」

「えっ？　この擂り潰し、湯に入れて汁にするんじゃないの？」

「そんなことしたら、新茶の風味がなくなるでしょ」

これにはおき玖が応えた。

三吉は言われた通りに、椀に丸めた擂り潰しを入れて湯をかけ、混ぜ合わせて、一啜《ひとすす》りし、

「あっ」

思わず声を上げた。

「この味、たしかに新茶だけど頼りなくない」

「どういうことかしら？」

おき玖も三吉に倣って新茶清汁を拵えて口をつけた。

「ほんと。こうやって、新茶を楽しむこともできるのね。目映《まばゆ》い光の中で、緑の葉が逞《たくま》しく生い茂る様子が見えるようよ」

「三吉、塩を入れて、味わってみろ」

「うん」

言われた通りにして、ずずっと啜り込んだ三吉は、

「もっと美味くなった」

小躍《こおど》りすると、

「料理に決めつけは禁物だ」

季蔵は微笑《ほほえ》んだ。

「あたしも思いついたことがあるの」

おき玖は亡き父親の秘伝の調味料である、梅風味の煎《い》り酒を垂らしてみた。

「これもなかなかだわ」

一方、季蔵は湯を沸かし直して、新茶葉を開かせて淹れた茶と、擂り潰しを湯と混ぜたものの二種類を並べた。

「この二つを茶として飲んでみてください」

最初に飲み比べたおき玖は、

「飲み比べてわかったけど、擂り潰しはアクがあるのね。味付きでないのなら、やっぱり、一番茶には敵《かな》わない。すぐにも通り過ぎてしまうそよ風みたいに、さらーっとしてて、煎茶なんかと違って、新茶には二番茶、三番茶がないところがはかなくて。そこが新茶好きにはたまらないはず」

深々とため息をついた。

「二番茶、三番茶はなくても、一番茶の開いた茶葉の擂り潰しはお役立ちだと思うよ。お

いらは、湯でのばしたこいつに、塩と梅風味の煎り酒の両方を入れたら、美味《うま》い清汁になって、山吹新茶飯ともぴったり合うと思う」

三吉の腹がぐうっと豪快に鳴って、

「それじゃあ、そろそろ、お待ちかねの昼餉《ひるげ》にしましょう」

おき玖が山吹新茶飯の盛りつけを始め、三吉は熱心に新茶清汁を仕上げていく。

「いっそ、三吉清汁にしたら？」

おき玖が冷やかすと、

「それは駄目だよ。三吉味噌汁《みそしる》ならともかく、がさつすぎるおいらと清汁は合わねえもの」

三吉はしおらしい物言いで、首を横に振った。

二

「新茶豆腐はお酒に合う甘い口取りだけど、今は昼時だから、賄いの後のお菓子代わりにしましょう」

こうして三人がいつになく豪華な賄いを食べ終えた頃、

「邪魔するぜ」

聞き慣れた松次《まつじ》の声がした。

後ろにはひょろりと身の丈の長い田端宗太郎《たばたそうたろう》が立っている。

「これはこれは田端様、親分」

飛び上がるように床几《しょうぎ》から立ち上がったおき玖は、三吉を促し、急いで皿小鉢や箸を重ねて厨《くりや》へと運び、

「今、すぐお飲み物を」

床几に座った二人の前に、素早く甘酒と冷やの湯呑み酒を置いた。

「何か召し上がりますか？」

たいていは酒ばかり呷《あお》る田端は無言で、
松次だけが、

「そりゃあ、ありがてえな」

目尻に皺《しわ》を寄せて笑った。

「今日は試作をしておりましたので――」

季蔵が山吹新茶飯の他に、新茶豆腐や胡瓜の刺身素麵風新茶風味、新茶清汁を並べてもてなすと、

「こりゃあ、いいとこに来た」

早速箸を取った松次は、両目まで皺のように細くした。

「ふーっ」

田端が湯呑み酒を飲み干したのを見澄ましたおき玖が、素早く、お代わりを前に置いた。

ところが、田端は、また大きくため息をついて、酒の入った湯呑みには手を伸ばさない。

「何か、お作りしましょう」

季蔵は、茹でてある筍があったことを思い出して、これで、若葉膳の一品、筍の抹茶若草揚げを拵えることにした。

抹茶衣は小麦粉に昆布出汁《だし》と塩少々を混ぜた味つき衣に、抹茶を加えるのが常道である。これを、小麦粉に適量の水と昆布風味の煎り酒で味つき衣にして、少々多目の抹茶と混ぜるのが季蔵流であった。

――この方が濃い味好みの江戸っ子に好まれるし、どんな酒にも合う――

「時季が感じられてよいな」

揚げたての抹茶若草揚げを口に運びながら、珍しく田端が洩《も》らした。

湯呑みを手にせずに、これまた珍しくせっせと平らげている。季蔵と目が合うとふっと笑った。

「市中で何か、気がかりなことでも起きているのですか？」

定町廻り《じょうまちまわ》同心の田端は、事件の調べに行き詰まっている時に限って、季蔵の意見を聞きたがるのである。

「ありゃしねえよ」

応えたのは二杯目の山吹新茶飯に取りかかっている松次だった。

「老舗《しにせ》の扇子屋みやび屋の旦那《だんな》の具合が急に悪くなって、寝てる間に逝《い》っちまっただけのことなんだから――」

「あのみやび屋さんの御主人が――」

思わず呟《つぶや》いた季蔵はおき玖と顔を見合わせた。

――せっかくの嫁取りだというのに、隣りにはもう、おいでになれなくなってしまったのね。御主人、さぞかし、心残りだったことでしょう――

「病死なのですね」

季蔵は念を押さずにはいられなかった。

「毒を盛られたのなら、嘔吐《おうと》や腹痛、下痢、震えなどがあってもおかしくないが、死に顔は眠っているかのように穏やかだった。駆け付けた医者が心《しん》の臓《ぞう》を患っていたと言っていたから、夜間の発作が命取りになったものと思われる」

田端はゆっくりと湯呑みを傾け始めた。

「ほかに何か、お気づきのことは？」

季蔵は田端をじっと見つめた。

――このわたしに、おっしゃりたいことがおありのはずだ――

「どう見ても病死だというのに、わざわざ我らに届けてくるは、馬鹿に丁寧なことだと思ってな――」

たとえ明らかに殺害とわかる死体が出ても、出来ればそっと弔って、表向き病死扱いにしてしまいたいのが、噂《うわさ》や評判を気にする商家の常である。そのため、日頃から岡《おか》っ引《び》きや定町廻りに、なにがしかの金子を握らせる向きもあった。

「みやび屋は代々、お上に対して忠義者で通ってるから、家訓で届けたまでじゃねえんですかね。家族に看取《みと》られて死んだわけじゃねえんだから、届けるのが筋だってことになって──」

松次は新茶豆腐の八切れ目を口に運んだ。

「ところで、おまえは八角《はっかく》を知っているか？」

田端は季蔵の目を見た。

「漢方で使われる薬ですね」

「八角には健胃、嘔吐、風邪、咳止《せきど》め、鎮痛、駆風《くふう》等に効能があるという。年配のみやび屋には、とかく腹が張って苦しい駆風の気もあり、医者は日に一度、八角を好物の料理に使って薬とするよう勧めていたそうだ。ももんじ好きのみやび屋は、これで豚肉の角煮を拵えさせていたという」

「豚肉に八角を用いる料理は長崎より入った異国のものです。みやび屋さんはさすが、たいした食通でいらした──」

すると、田端は今一度、まじまじと季蔵を見つめて、

「しかし、その八角というもの、あれほどあの樒《しきみ》に似ているとは知らなかった。八角を食していると知らなければ、みやび屋の骸《むくろ》から、樒が匂《にお》い出ているものと勘違いしたろうに──」

抹香臭いという言葉の謂《い》われは樒の匂いにあり、葉や樹木を燃やすと死臭をも消すほど

なかった。

全株に毒性があり、特に実は猛毒で、間違って医者が処方すれば、死に至ることも少なく

トウシキミとも呼ばれる八角とは同種であり、匂いや実の星形はよく似ているが、樒は

の強い匂いを発するため、通夜、葬儀等の仏事に欠かせないのが樒であった。

「医者がみやび屋さんに渡していた八角はごらんになったのですか？」

「医者から八角を預かっていて、毎日、豚肉の角煮作りを任せられている、賄い方の物を見た。念のため、知り合いの医者も呼んで見せたが、やはり、猛毒のシキミではなく、薬効のある八角に間違いなかった」

「寺に植えられていることの多い樒なら、手に入れることはむずかしくありません。この時だけ、すり替えて使われたということは考えられませんか？」

季蔵も田端の目を見ていた。

「あり得る」

大きく頷く相手に、

「銀の箆《へら》は試されましたか？」

銀で出来た箆を死者の口中に差し入れて、黒く変化すれば毒死と見なされる。

「手強《てごわ》いと評判のお内儀《かみ》が亭主の骸に泣いてすがっていて、誰にも触らせまいとしていたので、病死にしか見えぬということもあって試せず終《じま》いだった」

「是非、お確かめを」

「そうだな」

田端は残っていた湯呑み酒を呷ると、松次を促して立ち上がった。

二人を見送ったおき玖は、

「大変なことになったわね。しばらくは婚礼どころじゃないでしょう」

声を低めた。

「三吉、鰯を大きな笊《ざる》一杯買ってきてくれ。今日の一押しは鰯のお茶煮に決めた」

季蔵に言われて、

「へい」

と応えて三吉が出て行くと、

「もう、若葉膳でおもてなしなんて、できなくなっちゃったかも。お内儀さんだけで、嫁取りにいらしてくださるってこともないとはいえないけど、何しろ、あのお内儀さんだから——」

おき玖はため息をついた。

「今夜の一押し料理は、亡くなったみやび屋の御主人の供養にもなるはずです」

言い切った季蔵は、三吉が戻ると早速、鰯のお茶煮に取りかかった。

「お茶煮というからには、お茶が要るわよね。あたし、お茶を淹れるのは得意だから、任せといてちょうだい」

おき玖が煎茶淹れをかって出た。

「鰯はおいらが」

三吉は鱗をそぎ落とし、頭と内臓を取る、鰯の下拵えを素早くこなした。

大きな鍋に煎茶と千切りの生姜《しょうが》、種を取った梅干し適量、醤油、砂糖を加え、鰯を並べ、落とし蓋をして、煮汁が少しになるまでじっくりと煮込んでいく。

その間に季蔵は隠元の筋を取って塩茹でし、小指の半分ほどに切り揃えて、半ば鰯が煮えたところに加えて煮てみた。甘辛の煮汁がよく絡んだこの隠元の味に、

「こんなに美味しい隠元を食べたのは、おいら初めてだよ。それも鰯のお茶煮のおかげなんだけどさ——やっぱり、隠元‼」

三吉は隠元ばかり狙《ねら》って食べ、

「ここまで臭みのない鰯の煮付けを食べたのも、あたしは初めてよ。それでわかった。季蔵さんが、これはみやび屋の御主人のご供養になるって言った意味が——」

言葉を止めたおき玖は、その先は言ってくれと言わんばかりに、季蔵に向けて微笑んだ。

「薬代わりの八角を、好物の豚肉の臭み消しに使わせていたみやび屋さんなら、お茶こそ、鰯の生臭さ消しに最適だとわかってくださるはずだと思いました。どちらも臭み消し転じて、旨味《うまみ》出しになっているのです」

季蔵は説明に思いを込めた。

三

「何でもいい、食わせてくれ」

伊沢《いざわ》蔵之進が塩梅屋《あんばいや》を訪れたのはその翌日のことだった。

「飯は炊きたてですが、あいにく、卵一つなく、こんなものしかございません」

「よい匂いだぞ」

「使い終えた茶葉を捨てるのが惜しくなって、ふと思いつき、煮染《にし》めてみたのです」

季蔵は小鉢に出来上がったばかりのお茶の佃煮《つくだに》を盛りつけた。

お茶の佃煮は出がらしの煎茶を、醤油、酒、味醂《みりん》、砂糖で煮詰め、仕上げに白胡麻《しろごま》をふる。

「開いてしまった茶葉にこれほど風味があるとは思わなかった」

蔵之進はこの茶葉の佃煮で飯を四杯平らげて、人心地つくと、

「あれから、俺はただ、ぶらぶらしていたわけではない」

ぶつぶつと呟き、ちらっと季蔵の方を見た。

――わかりました、あのお話ですね――

季蔵は襷《たすき》と前垂れを外すと、

「急用ができた。三吉、後を頼む」

と厨に声をかけ、店を出て行った蔵之進の後を追いかけた。

「騙し蔵の件、何かわかりましたか?」

二人は近くの稲荷へ向かって歩きながら話し始めた。

「欲と助平《すけべい》が禍《わざわい》してまんまと騙された吉富《よしとみ》の主人に、騙した上に人殺しまでした年増女《としまおんな》の様子を丹念に訊いた」

「成果がおありだったのでは？」

「年増女が色気たっぷりのいい女だったことは聞き飽きたが、着物については、お内儀が居合わせていて、あれこれ、女の着物に不案内な亭主の見逃しを補ってくれた。年増女は年齢《とし》に不相応な、嫁入り前の娘が着るような中振り袖を着ていたことがわかった。地色は淡い桃色、友禅の絵柄も手鞠《てまり》や稚児、御所車が描かれ、金糸で縁取りされていたことを、吉富の主人は思い出してくれた」

「下手人は京風の着物を着ていた――」

「そうだ。帯は亀甲《きっこう》模様の金糸錦《にしき》。これは金仕上げなので相当値が張る」

「となると、その身形《みなり》だけでも、かなり目立つわけですね」

――わたしが下手人だったら、証《あかし》を残さぬために、惜しい気持ちを抑えて、残らず焼き捨てるだろう――

するとと察した蔵之進は、ふーっと太いため息をついて、

「調べさせたところ、吉富が騙し蔵でしてやられた後、その中振り袖の女を何人もの者が市中で見ているのだ。しかも三度もな」

「何人もの人が三度も見ているのであれば――」

いい加減、どこの誰だか、見当がつきそうなものだと言いかけて、季蔵は言葉を呑み込

んだ。

——簡単にけりがつかないから、蔵之進様は市中を走りまわっておいでなのだ——

「中振り袖の女を知っているという目撃談を信じて、あちこちを訪ね、娘たちの持っている中振り袖を吟味してみたが、吉富の主人が言っていた代物と一致するものは無かった。中には地色までまるで違うものもあって、ほとほと人の記憶は当てにならぬものだと思い知った。そもそも、すべてが見間違いだったのかもしれぬ。労を惜しまず、忍耐強い調べに定評があった亀吉を見習ったつもりだったが、とんだ骨折り損になってしまった」

蔵之進は苦笑し、足を進めた稲荷の祠《ほこら》の前で立ち止まった。

「それでおまえさんに一案、授けてほしくなったのだ」

——蔵之進様は亀吉親分という、かけがえのない手下《てか》をなくした失意のあまり、本来のこの人ではなくなってしまっているのだ——

そこで季蔵は、

「伊沢様がわたしならどうお応えになります？」

「何を言い出すのだ」

「しばし、亀吉親分のやり方は忘れてください。伊沢様らしく、ぱっと心に閃《ひらめ》くままに考えてみては？」

「突然、そのように言われても——」

「ならば、わたしがあなたになったつもりで申します。さて、このところのその手の目撃談は?」

「十日ほど絶えている、だが、見間違いであれば、見たという者の話など無意味だ」

「何人もの見たという人に訊いているのでしょう? 全部が全部、見間違いだとは思えません」

季蔵はきっぱりと言い切って、

「たしか、中振り袖には金糸が使われていたとおっしゃいましたね」

と続けた。

「見えた」

蔵之進は大声で両手を打ち合わせた。

「あれほどのものとなると、今はもう、どこぞの古着屋の簞笥《たんす》の中で眠っているはずだ」

蔵之進は跳ねるように立ち上がった。

「行くぞ」

声にも張りが出ている。

「お供いたします」

この時、季蔵は蔵之進が抱えている悲しみに添いたいと思った。季蔵もまた、武藤多聞《むとうたもん》という心に親しかった相手を失った悲しみを、乗り越えられずにいたからである。

――たとえ微力でも、蔵之進様の力になりたい。そうしないと、わたしの心は悲しみで濡《ぬ》れそぼって、お役目を果たすことのみならず、日々を生きる気力まで削《そ》がれてしまいそうだ――

「亡養父が遺《のこ》してくれた唯一の宝は、奉行所勤めをはじめてから、一日と休まずに書き続けてきた日記でな、これには、市中の古着屋の元締めの名も記されている」

蔵之進の足は富沢町にある古着屋江戸ころもへとずんずんと向かっている。

「江戸ころもさんが元締めとは思ってもみませんでした。てっきり、山王町の京桜さんあたりではないかと――」

富沢町の西端、大門通りに面して店を開いている江戸ころもは、狭い間口から鰻《うなぎ》の寝床のように奥へと続いている、世辞にも流行《はや》っているとは言えない古着屋であった。一方、京桜といえば、市中で知らぬ者はない繁盛ぶりで、娘の晴れ着を京桜と詠う川柳さえあった。

「富沢町とは明暦《めいれき》の大火（一六五七年）後、吉原《よしわら》が浅草に移されて後の町名である。権現様の頃からその地にあった江戸ころもは、初めて市中で古着の商いを許されたと日記に書かれていた。京桜も今では老舗だが、江戸ころもに遅れること五十年後に、当時、江戸ころもの分店があった山王町の地を借り受けて百七十年、商いを続けてきている。京桜が江戸ころもに払っているのは、地代だけではない。他の古着屋も皆、それに倣っている。江戸ころもの代々主、江右衛門《こうえもん》が、市中の古着の売り買いを仕切り続けているのだ」

江戸ころもの店先は閑散としているというよりも、骨董屋《こっとうや》のように古い能装束が二、三点飾られているだけであった。

蔵之進が用向きを告げると、

「はい、ただ今」

番頭と思われる白髪の髷《まげ》の老爺《ろうや》は、顔色一つ変えずに奥へと取り次ぎに行った。

「いらしたことがおありで？」

「いや、この手のつきあいに慣れているだけのことだろう」

二人は客間へと通された。

顔の幅が狭く、目鼻口の小さい、内裏雛《びな》を想《おも》わせる、四十路《よそじ》半ばの八代目江右衛門が待っていた。挨拶《あいさつ》が交わされた後、

「実はお役目に関《かか》わって、中振り袖を探しておる」

早速蔵之進は切り出した。

「どんな様子のものか、お話しください」

主《あるじ》は膝《ひざ》に手を重ねたまま目を閉じた。

ふんふんと頷きながら、蔵之進から詳細を聞き終えたところで、

「それなら伊勢町の吉野桜さんのところだろうかね」

目を開けた主は隣りに控えていた大番頭に念を押した。

吉野桜もまた、京桜と並び称される大店《おおだな》である。

「ええ、まず、間違いないかと」

大番頭は大きく首を縦にした。

「すぐに御入り用でしょうか？」

主の言葉に、

「もちろん」

蔵之進が応えると、

「それでは吉野桜さんまで誰かを――」

「はい、ただ今」

大番頭は慌てて席を立ちかけ、

「それでは御入り用のものが届くまで、ここでお待ちください。わたしはこれから茶会がありますので失礼いたします」

客間を出て行こうとする江右衛門に、

「その中振り袖を売りに来た者の名が知りたいのだ」

蔵之進は鋭く声を掛けた。

「ああ、それなら、先に店の者を走らせておきますので、直《じか》に吉野桜さんに訊いてください。元を締めているわたしどもが、市中の古着屋について、一軒残らず知っているのは、どこにどんなものがあって、幾らで売られるかだけなのです。江戸ころもの主の頭には、代々、この手の覚え力と算盤《そろばん》が備わっていなければなりません。ただし、商いも他のこととなると――、ましてや、各々の店の仕入れが、どこで誰とどうなっているかなどは全く不案内なのです。申しわけございませんが――」

江右衛門は困惑顔で告げた。

こうして二人は江戸ころもを辞して、伊勢町の吉野桜へと向かった。

待ち受けていた吉野桜では、薄毛の目立つ苦労性らしい番頭が出てきて、

「お申し越しの中振り袖はてまえが買い入れを決めました。旦那様の代わりにてまえがお話しいたします」

おどおどとした物腰で、帳場裏の小部屋へ案内した。

四

小部屋に入ると目当ての中振り袖が衣桁《いこう》に掛けられていた。淡い桃色の地、御所車などの絵柄に金糸の縫い取り、吉富の主人が思い出してくれた着物に、まず、間違いなかった。

「これを売りにきた者のことを話してほしい」

蔵之進は大番頭を見据えた。

「買い入れは専用の蔵の中でいたしております。蔵の奥に居て、買い入れを決めるのはてまえですが、応対に当たったのは手代の一人です」

小心者の大番頭は吹き出る額の冷や汗が目に入った様子で、しきりに両目を瞬かせている。

「その者をここへ」

二十代半ばの手代が呼ばれた。

「この着物を売りに来たのは、十七、八歳の娘でした」

――十七、八歳では下手人の年増女とは別人だ――

季蔵は心の中で首を傾けた。

「どんな様子の娘だった？」

蔵之進は訊いた。

「器量は十人並み、粗末な縞《しま》木綿姿の上、落ち着かない様子で。どこぞで盗んで来たのかもしれないと気にはなったんですが、多少の汚れはあっても、あまりに上物だったので、奥に控えている番頭さんに相談したんです。もしかして、やっぱり、盗んだ品だったんですか？　だとするとてまえにもお咎《とが》めが――」

手代は怯《おび》えた表情になって、訴えるような目を番頭に向けた。

「たしかにこの品を買い入れることに決めたのはてまえです。幾らでもいいと、相手は言っていると聞きましたが一両出しました。他店《よそ》へ持って行かれたくなかったからです」

番頭は袖口で額を拭《ぬぐ》った。

「それほどこの品はよいものなのか？」

蔵之進も季蔵同様、着物の善《よ》し悪《あ》しには疎いようである。

「それはもう。しっとりと落ち着いた桃色の地に、これだけの御所車や金糸が贅沢《ぜいたく》に配されている中振り袖は、ありそうでないものです。中振り袖といえば振り袖と並んで若い娘の晴れ着ですから。ところが年増になっても、それほど人目を気にしない気楽な集まりで着てみたい、そう着ることはなくても、持っていたいという、お客様は結構おいでです。ただし、古着でこの手のものが売られることは滅多にないのです。これだけのものを新品で誂《あつら》えるとなると、相当金がかかり、古着買いをする女たちにとって年増向きの中振り袖は高嶺《たかね》の花ということになります。ですから、これを洗い張りして新品に近づければ、一両を遥《はる》かに凌《しの》ぐ高値をつけられると思ったのです」

大番頭は理路整然と買い取りの事情を説明した。

「娘の名は控えておろうな」

蔵之助の言葉に、

「ここに」

手代が開いた大福帳を開いた。売り手の一覧が記されている。

「こあみとあります」

示された仮名文字をちらっと見た蔵之進は、

「こあみは小網町から思いついた偽りの名であろう。こあみについて他に覚えていることは？」

苦い顔で首をかしげつつ訊いた。

「これはこあみさんが何度も繰り返しおっしゃっていたことなのですが、なるべく、遠くの人に売ってくれと。できれば市中以外で売れてほしいと言うのです。理由を訊《たず》ねると黙りこくってしまわれましたが、今にして思えば、やはり、後ろ暗いところがあったのかもしれません。ああ、でも、それはてまえがその時、感じただけのことで――」

こほんと番頭が咳払いして、手代はあわてて話を濁した。

「こあみさんは小網町に住んでいるのかもしれません」

初めて口を挟んだ季蔵は話を変えた。

「なるほど。戯作者《げさくしゃ》でもない限り、人はそうそう荒唐無稽《こうとうむけい》な嘘《うそ》はつけぬものだ」

蔵之進は立ち上がり、番頭と手代が大きく安堵のため息をついた。

二人の足は小網町へと向かっている。

「ところで、小網町で中振り袖姿の女は見かけられていないのですか？」

「隣りの堀江町では見た者がいる。ただ、報せてきたのは小間物屋の主で、分不相応な晴れ着姿で歩いている嫁のおけいが許せない、あの晴れ着の出所を調べて、不義の相手を突き止めてくれという訴えだった。この手の話はこれだけではなく、もとより、気がかりな中振り袖とは無縁な話だと思い、取り合わずにいたが、どうやら、そこへ行ってみる必要がありそうだ」

二人は堀江町へと入った。

「たしか店の名はこま屋と言ったたな」

間口が一間（約一・八メートル）ほどのこぢんまりしたこま屋の店先では、青白く痩《や》せ型の小柄な店主が、背中を丸めるようにして、箸や箸置き、財布や巾着《きんちゃく》袋等を並び替えていた。

小間物屋は問屋でもないかぎり、どこも小さな商いである。蔵之進が名乗り、訴えについて確認すると、三十路半ば位の店主は、ああと空《うつ》ろなため息を洩らした。

「その後、女房のおけいはどうしておる？」

「ここにはもうおりません」

「逃げられたのだな」

店主は唇を嚙《か》みしめて頷いた。

「出入りの財布職人と駆け落ちしたんです。高い着物なんぞ着て歩いていると聞いて、てっきり、年嵩《としかさ》の好き者だとばかり思ってたんですが違いました。相手はわたしより十歳以上も若くて」

店主は生気のない表情のままでいる。

――吉野桜に晴れ着を売ったのは、好いた男との駆け落ちのためだったのか――

季蔵は合点した。

「両親は赤子で捨てられていたおけいを拾って、ゆくゆくは伜《せがれ》であるてまえの嫁にと思い、厳しく仕事を仕込みながら育てたんです。てまえも血のつながらない妹を嫁にすると決めてました。それなのに、この仕打ちはあんまりですよ。まあ、隣り近所で、唆《そそのか》す者がいたんでしょうが――」

二人は店主の愚痴が終わるのを待って、こま屋を後にした。

「近くにいて唆していたという相手が気になる」

蔵之進はこま屋と隣り合っている長屋の木戸門の前に立った。

木戸門を潜《くぐ》り、女たちが集まっている井戸端へと進む。

女房たちは、井戸を取り囲むように座っている。

「買ってきたよお」

背中に赤子を背負った若い女房が、金鍔《きんつば》の包みを、待っていた年増の一人に渡すと、

「はい、これ。駄賃も入ってるよ。坊やに飴《あめ》でも買ってやっとくれ」

ざらざらと銭の擦れ合う音がした。

「すみません」

季蔵は声を掛けた。

「いいとこに来たって言いたいけど、いくら、あんたがイイ男だからって、金鍔はおごれないよ。人数分だけだから」

さっきの年増女が人の好《よ》さそうな笑顔を向けてきた。

「お尋ねしたいことがあるのです」

季蔵も釣られて微笑んだ。

「お役人？」

居合わせていた全員が緊張の面持ちで蔵之進を凝視した。

「決して取締りなどではない」

蔵之進は断じたが、

「それでもお役人さんはねえ――」

「身体《からだ》の埃《ほこり》って叩《たた》きたったつもりでも、残ってることもあるしね」

「口は禍のもとっていうよ」

並み居る女房たちはぴたりと口を閉ざしてしまった。

「お尋ねしたいのは、いなくなったこま屋のおけいさんのことだけです」

季蔵は年増女の方を向いた。他の女たちの目も年増女に注がれている。

――この女はおけいさんと親しかった――

季蔵は確信した。

「あたし、辰《たつ》っていうんだけど、うちでなら話をしてもいいよ」

「お願いします」

「よろしく頼む」

蔵之進は季蔵に倣って頭を下げた。

油障子を開けて招き入れられたお辰の住まいは、こざっぱりと掃除が行き届いていた。

「独り住まいだからね、ここへは気が向くとみんなが来てくれるのよ」

お辰は十個ほどもある湯呑みの中から、欠けていないものを選んで茶を淹れてくれた。

「安物のほうじ茶だけどね」

お辰の淹れた熱いほうじ茶は香りがよく立っていて香ばしかった。

「旦那たち、おけいちゃんの亭主だったこま屋に行方を探してくれって、頼まれてきたんじゃないだろうね」

まずは念を押して、違うとわかると、

「おけいちゃんに駆け落ちを勧めたのはあたしだよ。だって、このままじゃ、酷《ひど》すぎるもの、あの娘。捨て子だったのを拾って育てて、息子の嫁にしたっていうと美談みたいに聞こえるけど、ようは一生女中働きってことだろう？　おっと、女中の方がまだましだ。嫌なら、暇を貰《もら》えるんだからさ。ところが恩義で縛られて嫁にされちまってると、籠《かご》の鳥そのものさ。それでも、子どもでも出来てれば、それが生き甲斐《がい》になるんだろうけど、おけいちゃんは十五歳で嫁にされてもう三年。死んだ両親がかまいすぎて、始終、病気ばかりしてた、あの青びょうたんみたいな亭主が相手じゃ、出来る子も出来ないよ。この先、子無しで、亭主が死ぬまで、細かくあれこれ見張られて、恩を着せられて、威張り散らされるだけだなんて、馬鹿みたいじゃないかって、あたしは言ったのよ」

五

「おけいさんが高価な中振り袖を着ていたことを知っていましたか？」

季蔵は訊いた。

「もちろんさ。言っとくけど、着物はおけいちゃんが盗んだもんじゃないよ。贔屓《ひいき》客に届け物をした帰り道、人通りのないところで、知らない年増女に声を掛けられたんだって。二両やるから、髪型や化粧を変えて、これを着て、三箇所ばかり市中を歩いてくれないかって、小判と中振り袖を無理やり押しつけてきたんだって。おけいちゃんが受け取ったのは、とにかく、人気のないところだったし、相手の目はぞっとするほど冷たく、怖かったからだって。おけいちゃん、すっかり怯えちまって、その足でここへ飛び込んできたのさ。滅多に拝むことのない小判は目映くて、あんなにたくさんの金糸の縫い取りがある中振り袖なんて、金輪際、あたしは見たこともなかったね」

「それで、おまえはおけいの身の処し方について指南したのだな」

蔵之進は微笑んだ。

「二両もの大金を出したからには、相手も元は取るつもりだろうから、見張っているに違いない、だから、言われた通りにするしかないって、あたしは忠告したよ。それで日を変えて、髪や化粧を変えるのを手伝ってやって、なるべく離れた三箇所を歩かせたんだ」

「駆け落ちもおまえの勧めか？　おそらく、中振り袖をどこぞの古着屋で売りさばくことも――」

変わらず蔵之進の目は笑っている。

「そうですよ。目が底知れず冷たい相手だとすると、真の狙いは悪事に関わってるに決まってるじゃないですか。だとすると、おけいちゃんが頼まれたことをべらべらしゃべったりしたら、困るはずだってあたしは思ったんだ。相手がおけいちゃんを見張ってるとしたら、そのうち命だって取られかねない。それで、二両を路銀にして、財布職人の左吉《さきち》さんと一緒にすぐに江戸を出るように勧め、その前に疫病神みたいなあの中振り袖を売っちまうように言ったんですよ。あれほどのものなら、そこそこ高値で売れて、路銀の足しになるはずだからね。あたし、おけいちゃんには幸せになってほしかったんだよ。だって、左吉さんは辛抱ばかりの辛い毎日だったおけいちゃんが、初めて心の底から好いた男だったんだもの――」

お辰はうっすらと目に涙を浮かべて、

「でも、もう、おけいちゃんとは一生会えないかもしれないんだよね。あの子、気立てが優しくて、あたしのこと、おっかさんみたいだって言ってくれて――」

感傷に耽《ふけ》っていると、

「おけいはいきなり頼み事をしてきた年増女の様子を話していたはずだ。どんな女だったのだ？　美形のはずだが？」

蔵之進はやや大きな声を張り上げた。

「美形？」

お辰はからからと笑い出して、

「とにかく、大女で着ている着物の丈も裄《ゆき》も合ってなかったそうだよ。女の癖に眉も太くて、顔は大きな四角で、天狗《てんぐ》みたいなわし鼻、それもあって、怖くて仕様がなかったって。鬼瓦《おにがわら》みたいな女だったんじゃないのかい？」

――騙し蔵に遭った吉富が見た首謀の美女ではあり得ない――

季蔵をちらりと見た蔵之進の目は失望している。

「中振り袖を着て歩いていた時、おけいさんはどんな帯を締めていましたか？」

季蔵はお辰に訊いた。

――吉富のご主人の話では、下手人の女は金糸錦の帯を締めていたという――

「おけいちゃんは無地の白と黒の帯しか持ってなかった。だから、祝言の時、先の主夫婦が恩着せがましく買ってくれたっていう、安物の白い帯を締めてやるしかなかった。ほんとにあの夫婦はケチだった」

「声を掛けてきた相手は、帯までは用意していなかったのですね」

季蔵が念を押すと、

「どうせなら、あの中振り袖に釣り合う帯も付けてほしかったね。そうすりゃ、おけいちゃんたちの路銀の足しも増えただろうに。ああ、もう、ケチったらない」

お辰は悔しそうに洩らした。

季蔵を促してお辰の長屋を出た蔵之進は、

「金糸錦の帯を見つけることができず、中振り袖の持ち主は、騙し蔵の女ではないとなると、吉野桜にある中振り袖が果たして、吉富の主人が見たものと同じか、どうか疑わしくなってきた。やれやれ、また、振り出しに戻ってしまったというわけだ。明日朝一番で吉富の主人を吉野桜へ向かわせ、実物を見て確かめさせることにする」

と告げた後は無言で歩き続け、八丁堀の方角へと折れて行った。

その後ろ姿には常になく、疲れと焦りが色濃く滲《にじ》んでいて、

――亀吉親分の仇《かたき》を一刻も早く取りたいのだ――

季蔵は自分までもが、少なからず無力感に襲われるのを感じた。

店に戻ると、ちょうど三吉が暖簾《のれん》を掛けているところであった。

「松次親分のお使いの人がこれを」

おき玖が文を渡してきた。

文には以下のように書かれていた。


みやび屋主の口中に差し入れて引き抜いた銀の篦《へら》は黒変していた。ただし、店中をくまなく調べはしたが樒は見つかっていない。

田端

――やはり、みやび屋の御主人は殺されたのだな――

するとそこへ、

「季蔵さん、ちょっといいかい？」

つばめ屋の米七が勝手口から顔を出した。

不安な面持ちで顔色もやや青ざめている。

「二人だけで話したいんだが――」

季蔵は勝手口から裏庭へ出た。

「みやび屋の大旦那さんのことは聞いてるよな」

「ええ、亡くなられたそうで」

「あれは世間が言うように、本当に病で死んじまったんだろうか？」

米七は恐ろしいものにでも出遭ったかのように怯えた目を瞠《みは》った。

「さあ、そこまではわたしには――」

――真相は洩らせない――

「実はね、みやび屋の大旦那さんのことで、よりによって、桃代がこんな文を寄越したんだよ」

米七は片袖から、折り畳んである文を出して広げ季蔵に見せた。

そこには乱れた字で以下のようにあった。

あたし、大旦那様によくないことをしてしまったのかもしれない。でも、もう取り返しがつかない――。おとっつぁん、おっかさん、あたし、怖い、怖い、怖くてたまらない。いったい、どうしたらいいの？

桃代

――もしかして、よくないこととは、厨で八角と榴をすり替えたことでは？――

ひやりとした季蔵は、

「桃代さんは大旦那様の身の回りの世話をなさっていると言っていましたね。食事の世話もしていたのでしょうか？」

訊かずにはいられなかった。

「そうともさ。前に届いた文では医者が病に効くってことで、旦那に八角を勧めてて、これで毎日、豚肉をとろとろに煮る料理を拵えさせてるって話だよ。こいつを運ぶのも桃代の役目だった」

「すると厨に出入りしていたのですね」

「旦那は豚肉の煮え具合にうるさくて、桃代は毎日、鍋の前で見張りをやらされてたってえ話さ」

――だとすると、すり替える機会はいくらだってある――

季蔵は変わった顔色を米七に見せないようにしてうつむいた。

――ただ、どうして、好き合っている若旦那と自分の味方になってくれているはずの大旦那さんを殺める必要があったのか？　若い二人の味方になっていたのは見せかけで、いずれ倅の熱も冷めるとタカを括《くく》り、本当はお内儀さん同様、桃代ちゃんの玉の輿《こし》に反対で、それを知った桃代ちゃんが思い詰めて殺《や》ったのか？――

季蔵はやや頭が混乱してきた。

「まさか、桃代が大旦那さんを手に掛けたなんてこと、あるはずねえよな。大旦那さんは間違いなく病で死んだんだよな」

米七は泣くような声を出して相づちをもとめてきたが、季蔵は首を動かさなかった。

――米七さんだって、この文の意味はわかっているはずだ――

「遅くに出来た一人娘だもんだから、ついつい甘やかして育てて、埒《らち》もない夢ばかし追うようになっちまったが、他人《ひと》様を殺めるような奴じゃあないぜ、桃代は」

米七は精一杯掠《かす》れ声を振り絞った。

「その文をもう一度読ませてください」

季蔵は再び桃代からの文に見入って、

「〝よくないことをしてしまったかもしれない〟とある部分に引っかかります。よくないことが大旦那さん殺しならば、〝よくないことをした〟と書くでしょうから」

きっぱりと言い切った。

「そう言ってもらえてほっとしたよ」

米七はほっと息をついた。

――桃代さんは下手人ではない。しかし、知らずと殺しの手伝いをさせられたことは事実だろう――

「いったい誰なんだろうね？」

米七は怒りの籠《こ》もった声を上げて、

「桃代が怖がってる相手のことだよ。うちのやつは、はな江《え》ってえお内儀さんのことじゃねえかって言ってる。挨拶に来てくれる日も決まってたんだ。大旦那さんが生きてりゃ、このまま、鶴《つる》の一声で若旦那と桃代が夫婦《めおと》になっちまう。それが嫌で嫌で仕様がなくて、あのお内儀がこんなことを仕組んだんじゃねえかって――」

畳みかけるように言い募った。

六

翌早朝、明け烏《がらす》が鳴き始めた頃、季蔵は油障子を叩く音で眠りから醒《さ》めた。

「すぐに室町のみやび屋まで来てほしいって、松次親分から言付かりやした」

「わかった」

使いの者を帰した季蔵は、身支度を調えてみやび屋へと走った。

――いったい、何が起きたというのか？――

松次は大戸を下しているみやび屋の店先に立って待っていると、

「お内儀のはな江が毒を盛られて殺された。昨夜から桃代は姿をくらましていたが、今、少し前、近くの稲荷で骸になってた。若旦那と一緒になりたい一心で、主夫婦を手に掛けた罪の深さを悔いたんだろうよ」

潜り戸から顔を出した松次が告げた。

――何とお内儀さんと桃代さんまで――

季蔵は息が止まりかけた。

「女心ってえのは何とも恐ろしいもんだぜ。後味の悪い事件だったが、これでけりはついたと俺は思うんだが、どうしても、田端の旦那があんたを呼んで話を聞きたいってえもんだから――朝早くから苦労をかけてすまねえな」

案内された部屋では、田端宗太郎が調えられている膳を前に、苦しみ悶《もだ》えて死んでいるはな江を見つめていた。

襖《ふすま》近くに座っているのは、若旦那と思われる慎吉《しんきち》である。

――男前というよりも、眉目《びもく》秀麗と言った方がふさわしい。桃代さんが一目で夢中になるのも無理はない――

その慎吉は入ってきた季蔵に気がつくと、目で会釈しただけで、緊張した固い表情で両の拳《こぶし》を膝に置いて、終始うつむき続けている。

畳の上には、毒に中《あた》ったはな江が放《ほう》り出した箸と湯呑み茶碗《ぢゃわん》が転がっていた。

「只今《ただいま》、まいりました」

挨拶すると、

「ご苦労だった」

田端は季蔵の意見をもとめるべく顎《あご》をしゃくった。

「厨でお内儀の膳部を調えた者をもう一度ここへ」

張り上げられた田端の声に、慎吉は立ち上がって、廊下で控えていた賄人に声をかけた。

「伊助《いすけ》、入れ」

　廊下で控えていた時は顔を伏せたままだった伊助が入ってきた。

　伊助は顔の鰓《えら》がもう少し張りすぎていなければ、通っている鼻が半分ほどの大きさなら、立ち役の役者にしてもおかしくない、男らしくりりしい顔立ちの持ち主だった。

「ご苦労だが、おまえが見たこと、聞いたことをもう一度、話してくれ」

「わかりました」

　意外にも伊助の声は細かった。

「桃代さんは旦那様とお内儀さんの食事の世話係でした。わたしが拵えた膳を運んでいました。日に三度も顔を合わす間柄なので、自然に親しくなり、いろいろな話をするようになったんです」

「さっき、桃代は慎吉とのことで悩んでいたと話したな」

「ええ、それはもう。お内儀さんは桃代さんと若旦那様が夫婦になることに、猛反対なさっていたからです。自分の目の黒いうちは決して、二人を夫婦にしないと言っていたのを聞いた者もおりました」

「大旦那様は賛成されていたのではありませんか？」

　季蔵は口を挟んだ。

「ここの奉公人の中には、老舗の菓子屋である、お内儀さんの実家《さと》からついてきた者たちも少なくありません。ですから、ここではお内儀さんのお力がたいそう強いんです。新参者のわたしなど肩身が狭くて」

伊助は薄く笑った。

「新参者というのは？」

季蔵は聞き逃さなかった。

「わたしは若旦那様が養子に出されていた、京の観扇堂《かんせんどう》でお仕えしていたのです。幼い頃は兄弟同然に育ちましたので、別れがたく、江戸へ戻られる時に無理を言ってついてきたのです」

「あなたも慣れぬ江戸の水に苦労して馴染《なじ》んでまでお内儀さんの奉公人の方々同様、慎吉さんを守ろうとなさっているのですね」

「わたしの力など微力ですが――」

伊助は恥ずかしそうに下を向いた。

「話を桃代に戻すぞ。おまえは桃代が毒を仕込むのを見たのか、見なかったのか、そこのところをはっきりしろ。さっきからそのあたりが今一つ曖昧《あいまい》だ」

「お願いです。膳を独りで運んでいた桃代さんは、大旦那様、お内儀さんの御膳に誰よりも近かったと、先ほど申し上げました。どうか、これでお許し、お察しください」

伊助は目を伏せたままでいる。

「察しろだと？　馬鹿を言うんじゃない。ものをはっきり言わぬ上方流は、この江戸では通じんぞ」

こめかみに青筋を立てた田端は伊助に詰め寄った。知らずと季蔵も伊助を正面から見据えている。

「どうなのだ？」

慎吉は優しくも苦しげな口調で訊いた。

「慎吉さん、いいえ、若旦那様の前ではとても申し上げられません。あんなに桃代さんを愛《いと》おしく想われていたのですから」

伊助の声が掠れて涙が溢《あふ》れ出た。

「かまわない、覚悟はできている。どうか、本当のことを言ってくれ」

慎吉の表情はさらに固くなった。

「それでは一部始終を申し上げます」

伊助は手拭《てぬぐ》いで時折、目頭の涙を拭きながら話を続けた。

「桃代さんは、大旦那様にお医者のお許しが出て、実家のつばめ屋に出向いてくださるのだという話を、それはそれはうれしそうにしていました。けれども、出向くと決めてあった日が日延べになると、お内儀さんから報されて、すっかり落ち込んでしまったんです」

「それはいつ頃のことです？」

季蔵は訊いた。

「大旦那様が亡くなる五日ほど前のことでした」

「それから桃代さんに変化が？」

「ええ。やはりここは、自分を嫌っているお内儀さん次第なんだとか、そうそう、大旦那様のお体にいい八角と、猛毒の樒がこんなによく似た形をしているとは、今まで、知らなかったという話もしてくれました」

「たしかにその頃から桃代は様子がおかしかった。笑顔も見せなくなって――。何でわたしに思い悩む心の裡《うち》を、話してはくれなかったのだろう。そうしてくれれば、もう少しだけ、時がかかると説得できたものを」

慎吉が端整な顔を歪《ゆが》めて頭を抱えると、

「とかく、女は醜い心を好いた相手にだけは見せたくないものですよ」

伊助は諭すように言った。

「おまえが早くに今の話をしていたら、お内儀の命は救えたかもしれんのだぞ」

田端は忌々《いまいま》しげに伊助を睨《にら》み付けた。

「お許しください。でも、あんなに桃代さんを好いている若旦那様に、悲しい想いをおさせしたくなかったんです」

伊助は頭《こうべ》を垂れた。

「お内儀さんを手に掛ける時も何か洩らしていたのでは？」

季蔵が先を促すと、

「はい。〝お内儀さんは大旦那様のように豚肉はお好きではないから、八角を使った料理では無理ね。そうだ、お茶にしよう〟と呟いているのを耳にしました。三日ほど前のことです」

伊助はきっぱりと言い切り、

「旦那、奉行所付きの医者の銀の箆がお内儀の口中と、湯呑みの茶の残りで黒く変わりやした。茶に匂いはねえし、使われた毒は石見《いわみ》銀山鼠取《ねずみと》りだろうって医者が言ってやす。石見銀山鼠取りの入った茶筒と、樒の実の入った筒は、欅《けやき》の木にぶらさがって死んでた桃代の両袖に各々入ってやした。これで何もかも辻褄《つじつま》が合って、決まりでさ」

松次は大きく頷いて、田端に相づちをもとめた。

しかし、田端は頷かず、やはりまた、季蔵に顎をしゃくった。

「どうして、桃代さんはわざわざ、近くの稲荷まで出向いて、首を括ったのでしょうか？」

季蔵はふと洩らした。

「それはもちろん、罪を悔いてのことでしょう」

慎吉は季蔵の疑問に不審げである。

「いえ、猛毒の石見銀山鼠取りや樒を持っていたのなら、それを使って自死する方がたやすいだろうに、と思っただけのことです」

季蔵の言葉に松次は、

「お内儀さんの苦しむ様子を見て、石見銀山鼠取りは止《よ》したんじゃねえのか？」

と言い、

「だが、樒を盛られた主の方は、体の質《たち》も関わってだろうが、病死と間違えられるほどあっさり逝ったぞ。楹なら楽に死ねると思ったはずだ」

田端は首を縦に振った。

この後、はな江と桃代の骸は番屋へと運ばれ、さらにくわしい調べが行われた。

はな江の骸には、服毒の痕《あと》しかないとわかっていたが、気になるのは桃代の方だった。

「首を吊《つ》った痕のほかに、頭を殴られたり、みぞおちに当て身をくらわされた痕はないか？　それらがあったら、気を失わせられた後、吊られたことになり、自死ではない。殺しだ」

田端に命じられて、番屋まで付いてきていた医者ともども、季蔵たちは必死に探したが見つからなかった。

「この仏さん、嫌な匂いがしやすよ。やだねえ、この匂いはいつ嗅いでも」

ぶるっと震えて、桃代の骸が酒気を帯びていることに、最初に気づいたのは下戸の松次だった。

七

「酒気だけでは殺しと断じられぬが、多少の疑いの余地は残る。せめては下手人としてではなく、娘心のなせる悲しい末路として両親に葬らせてやりたい」

田端は慈悲を示して、桃代の亡骸《なきがら》はつばめ屋夫婦のもとにひっそりと送り届けられた。

「つばめ屋さんの御主人にさっき聞いたわ。桃代ちゃん、みやび屋さん御夫婦と一緒に毒に中って亡くなったんですってね？」

米七は近所にそのように伝えているようだった。

――濁した言い方をするのも無理はない――

「毒って食中り？　おめでたいことも近いっていうのに、桃代ちゃん、不運だわ。幸福の絶頂から奈落《ならく》の底へなんて酷すぎる。お隣りのことを思うと、何だか、こちらまで息をしているのが辛《つら》いくらい――」

おき玖はたまらない表情をしている。

通夜、野辺送りと続くつばめ屋からは線香の匂いが流れてきている。

「いっそのこと、今夜はうちも暖簾を出さないでおきましょうか？」

弔問のために数珠を手にしたおき玖に、

「いや、今日のような日こそ、店を開けて、みびや屋さんたちがおいでになった時に、お出しするつもりだった、茶料理尽くしの若葉膳でお客様たちをもてなしたいと思います。これはつばめ屋さん御夫婦が桃代ちゃんの幸せを願って、わたしに頼んでくれた料理ですから、桃代ちゃんだけではなく、みやび屋さん御夫婦に対しても、何よりの供養になるはずです」

そう言って季蔵は若葉膳に必要な素材を三吉に買いに走らせた。

「手伝うわね。たしか、まだ、試していない茶料理があったから」

おき玖が襷を掛けた。

「お茶の葉入りの卵焼きなら、三吉の帰りを待たなくてもできます」

季蔵は煎茶の茶葉に湯を加えて蒸らした。

「これには出がらしでは駄目なのね」

「出がらしには、濃い苦みばかりで、新しい茶葉ならではのほろりとした軽い苦みがありませんので」

応えた季蔵は鉢に割りほぐした卵と酒、味醂、砂糖、塩をよく混ぜ合わせ、蒸らして冷めた茶葉を加えて、油を薄く敷いた卵焼き用の鉄鍋で蒲鉾《かまぼこ》型に焼き上げた。

箸で摘《つま》んで、ふうふう息を吐きかけながら口に入れたおき玖は、

「卵の優しい味わいに煎茶の豊かな香りが加わって、ふんわり、とっても幸せな味」

桃代のことが頭から離れないせいだろう、

「美味しい、美味しい、とっても美味しい」

二切れ、三切れと食べ続けつつ、涙を流していた。

三吉が戻ってきた。

珍しく口の両端がぴんと上がって、怒りを感じている様子だった。

「何かあったのか？」

季蔵に訊かれると、

「つばめ屋の娘は奉公先の主夫婦を手に掛けて、どうせ、死罪は免れないだろうからって、首吊って死んだって、そこらじゅうで噂してんだよ。瓦版よりも早く、いろんなことを話

して歩いて、銭を稼いでる奴がいるだろ？　そいつらが流してる噂みたいだけど、酷い話だよ。おいら、むかむかした。喧嘩《けんか》が強かったら、ぶん殴ってやりたかったよ」

お茶蒸しにする鯛を俎板に置いた三吉は、固めた握り拳で何度も殴る仕草をした。

「まさか、そんなこと――」

おき玖が絶句した。

「嘘でしょ？　嘘よね」

季蔵に相づちをもとめる。

「人の噂は気にとめないことだ」

季蔵は諭す口調で三吉の方を見た。

「やっぱ、嘘八百か」

怒りが鎮まって、

「鯛の鱗《うろこ》を削いで、内臓を取り除いて、塩をいつもの半量振りかけてくれ」

季蔵に言われて、やっと三吉は包丁を手にした。

三吉が下拵えをしている間に、季蔵は大量の煎茶の茶葉を湯で蒸らした。

おき玖は竈《かまど》に火を熾《おこ》して、大きな蒸籠《せいろう》を載せる準備をしている。

濡らした大きめの晒《さら》しの上に、茶葉を鯛の形よりひとまわり大きく広げ、鯛を置き、さらに、その上に茶葉の残りをのせた。

「茶葉を鯛の上下に、包むように広げるのがコツだ」

「ひぇっ、茶っ葉で出来た緑色の鯛みてえだな」

それを蒸籠で鯛の身に火が通るまで蒸し上げる。

そのままの姿で供す。

箸を取ったおき玖は、

「お茶の葉、取り除いて食べても、このまま鯛の身と一緒でも美味しい。あ、でも、このお味なら、みやび屋のお内儀さんもきっと気に入ってくだすったと思うとあたし――」

やはりまた涙ぐんだ。

「塩が半量なのはお茶の香りを活《い》かすためなんだね。おいら、鯛って、人気があって高くてありがたがられてるけど、ほんとは、そんなに好きじゃなかったんだよ。言っとくけど、貧乏人の僻《ひが》みじゃないよ。あのさ、結構、臭みがあるでしょ、鯛には。あっさりしてるだけに、その臭みが気になって、それで塩を強くして焼いたり、蒸したりするんでしょ？その上、鯛のタレには、生姜醤油なんかだよね。塩辛いもんばっかしで、鯛の臭みを誤魔化してる感じ。でも、このお茶蒸しだと、塩辛さよりも、鯛の風味が際立ってる。そんな気がする」

三吉はしみじみと鯛の茶蒸しを味わった。

「お茶が鯛の臭みを消して、風味だけを引き出しているからだろう」

「お客様はこの技がわかってくれる方々でないと――。それに何より、噂を信じて、お隣りのことを、面白がって、覗《のぞ》きに来るような人たちは困るから、よし、今日はあたしのおごり。季蔵さん、あたしがお呼びする人たちにだけ、この鯛の茶蒸しが絶品の若葉膳を振る舞ってちょうだい」

　そう言い切ったおき玖は、早速、もてなす旨を書き記した文を何通か書いて、使いの者に託した。

　暮れ六ツ（午後六時頃）の鐘が鳴ってしばらく経《た》った頃、

「邪魔するよ」

　威勢はいいがやや嗄《しわが》れた声が戸口を開けた。小太りで血色がいい履物屋の隠居喜平《きへい》に続いて、

「春の日は長いね、待ちくたびれたよ」

　痩せているせいでぎょろ目に見える大工の辰吉《たつきち》が顔を覗かせて、

「隣りのこともあるんだろうから、ここへ寄るのは暗くなってからだって、御隠居が頑固に言い張るもんだからさ」

「済んだのかい？」

　喜平が両手を合わせる仕種《しぐさ》をすると、

「お隣ですので、通夜の前に伺いました」

　季蔵はさらりと受け応える。

　戸はまだ開いたままで、

「いいんですか？　わたしまで」

評判の指物師亡き後、娘婿として稼業を切り盛りしている勝二《かつじ》は、以前にも増して、皺と若白髪が増えて窶《やつ》れが目立った。

「皆さん、来てくれたのね」

おき玖が微笑んで、

「あと一人――」

いったん閉められた戸口を見つめていると、

「遅れてすまねえ。善太《ぜんた》が独楽《こま》回しに夢中になっちまってて、何度も回されるもんだから。ったく、子どもってのは飽きねえもんだな」

笑い顔の目こそ垂れてはいたが、船頭の豪助《ごうすけ》は持ち前の敏捷《びんしょう》な物腰で、風のように入ってきて床几に腰かけた。善太というのは漬け物茶屋の女将《おかみ》でもある、恋女房おしんとの間にできた、一粒種の男の子であった。

若葉膳が供された。

四人は供される料理について、あれこれと勝手な感想を洩らしながら酒を楽しんだ。

最後の山吹新茶飯と新茶清汁が出されたところで、

「そろそろ、こうしてわしたちを集めた理由を、話してくれてもいいんじゃないのかい？」

喜平が季蔵とおき玖の顔を交互に見つめた。

季蔵がおき玖の方へ顔を傾けると、

「お隣りのこと、噂について知りたいんです」

声を低めたおき玖は怖いほど真剣な表情になり、三吉の手が止まった。

「ここの皆さんなら、尾ひれなんてつけないで、話してくれるに違いないって思ったんです。信じたくないことも認めなくちゃいけないって——」

今度はおき玖が四人の顔をまじまじと見ている。

「それ、何のためだい？　いや、誰のためになるんだ？」

喜平は眉を寄せた。

「それは——」

言葉に詰まったおき玖に、

「おき玖ちゃん、隣り同士に住んでて、見知って長い相手のことだ、身内みてえに情が移ってるはずだから、悪い話を耳にするのは辛いもんだよ」

情に脆《もろ》い辰吉が自棄《やけ》のように盃《さかずき》を呷った。

八

「あたしのためです」

おき玖は喜平と辰吉に頷いて、

「あたし、生まれた時から知ってる桃代ちゃんが、こんなことになって、お隣りさんをどうやって慰めていいかわかんないの。でも、何とか力になりたい。それにはほんとのことを知っておかないと——。教えてください」

勝二と豪助を見つめた。

「俺が聞いたのは、瓦版屋崩れの聞いたばかりの話を、走って、市中に広めてる連中からだよ。ちょっと気になったんで、雇い主を訊いてみた。世の中には、噂を瓦版屋に先んじてばらまきたい奴がいる。その手が連中に金を握らせてるんだから。芝居小屋が客寄せのために、舞台の濡れ場の話を流したり、版元が新しい戯作が出るんだとふれまわるのは許せるが、話が話だけに、こいつは質《たち》が悪い。胸糞《むなくそ》が悪くなった」

そこで言葉を切った豪助は、ちらりと勝手口の方を見た。裏庭からも隣りのつばめ屋が見える。

「俺も今までに、顔の一つや二つは合わせてるが、そう親しいわけじゃない。残された親御さんは、そんな俺なんかに、線香を上げに来てもらいたいとは思っちゃ、いないだろうよ。面白半分に覗きに来たなんぞと思われては、かえって傷つけちまう。仏の供養はよしとくよ」

この豪助の言葉に三人は一様に頷き、季蔵は若葉膳について話して、

「皆さんの供養はもう済んでいます」

綺麗に締め括った。

「桃代ちゃんを罪人だって噂を流してるのは、いったい誰なの？」

おき玖は豪助を見据えた。

「おき玖ちゃんの耳には入れたくない奴さ。俺も訊いたとたん、血の気が引いたほどだ。

俺はさ、おしんと一緒になるまで、時には女を泣かしたこともあるせいか、男ってのはこまで薄情になれるのかって、自分で自分が嫌にもなった」

豪助は言い渋った。

「勝二さんも知ってるといいけど」

おき玖は親方の娘に見初められ、言い寄られて、二つ返事で婿になった、やや気が弱い勝二に的を絞った。

「ええ、まあ」

一度うつむいた勝二だったが、

「お願いよ」

さらに頼まれると、

「実は知ってる箱屋が、みやび屋さんに扇の箱を納めてるんです」

覚悟を決めたのか、顔を上げて切り出した。

「知り合いは若旦那の慎吉さんから直に聞いたと言っていました。それというのは、〝奉公人で煮売り屋つばめ屋の娘桃代が自分に懸想して、無理やり押しかけて両親《ふたおや》に取り入り、気を迷わせた挙げ句、身分違いにもかかわらず、みやび屋の嫁になりたいと言い出したので、両親の目の前で断った。しかし、相手は日に日に逆恨みを募らせ、とうとう二人を手に掛けてしまい、自らも首を括って死んだ。桃代は煮売り屋の親や知り合いに、みやび屋の若旦那の嫁になると言いふらしていたようだが、勝手な思い込みにすぎず、世間に誤解されては、みやび屋の今後のためにならないと案じている〟と――」

――何という不実な言い草なんだ!!――

季蔵は憤怒《ふんぬ》の面持ちを見せないためにうつむいた。

「何よ、それ」

「そうだよ、何だよ」

おき玖は眉を吊り上げ、三吉は真っ赤になって怒った。

すでに同様のことを、瓦版屋崩れたちから聞かされていた三人は顔色こそ変えなかったが、揃って下を向いてしまった。

「もしや、それは大番頭さんの言葉だったのではありませんか?」

季蔵は念を押した。

――若旦那の慎吉さんが桃代さんと相思相愛で、この仲を両親に反対されているとわかれば、世間はみやび屋の主夫婦殺しに、倅が一枚噛んでいて、自死したとされる桃代さんは、犯した罪の重さに苛《さいな》まれた挙げ句、罪を一身に被《かぶ》ったと噂しかねない。店の信用を守るために、大番頭が桃代さんを完全な悪者にするのならわからないこともない――

「主夫婦を守りきれなかったとされて、大番頭はすぐに暇を出された、と箱屋は言っていました。新しい大番頭は、見事桃代の悪事を見抜いた賄人の伊助という人だそうです。抜け目のない箱屋は、早速この伊助さんに挨拶に行ったところ、〝このみやび屋は若旦那様とわたしで立派に守ってみせます〟と、大変な鼻息だったそうですよ」

話し終えた勝二は、

「お隣りのこと、考えると食が鈍ってきました。新茶清汁だけいただいて、山吹新茶飯の方は持ち帰っていいですか？」

胃の腑《ふ》のあたりを押さえた。

この時、ことっという音とううっという声が、勝手口の外から聞こえたような気がした。

「誰だろ？」

三吉が出てみたが、裏庭に人影はなかった。

喜平や辰吉、豪助も、勝二に倣って、浮かぬ顔でみぞおちのあたりを押さえた。

「わかりました。皆さんに山吹新茶飯をお持ち帰り頂きます」

こうして四人は、漉した卵の黄身の色と繊細な風情が、ひときわ美しい山吹新茶飯を土産に帰って行った。

見送った後、

「あたし、もう、何が何だか、わかんなくなっちゃったわ」

おき玖は頭を抱えてしゃがんでしまった。

「おいらは、慎吉って若旦那が嘘をついてるんだと思う。桃代さん、嘘つかなかったもん。おいらにくれるって言った煮売りの残り物、いつだって忘れずにおいらにくれたよ」

三吉が言い放つと、

「そうだな」

季蔵は大きく頷いた。

この夜、後を片付けた季蔵は、

「明日は野辺の送りがあります。つばめ屋さんとは、わたしなどより、長いつきあいのお嬢さんは、今、よほど堪《こた》えています。まずは、今日はお休みにならないといけません」

おき玖を二階に上がらせ、つばめ屋の主夫婦のために精進すいとんを拵えた。

これは戻した干し椎茸《しいたけ》、さっと茹でた人参《にんじん》、牛蒡《ごぼう》、油抜きした油揚げを一口大に切り、たっぷりの出汁で煮ておく。そこへ、小麦粉に水を加えて、耳たぶくらいの固さに練って休ませたタネを、やはり一口大に揃えて千切って入れる。

色どりの絹さやは塩茹でしておいて仕上げに浮かべる。

青物と小麦粉のタネの大きさがほぼ揃っていた方が、口触りがなめらかで優しく、さらりと喉《のど》を通る。

二人分を鉢に盛りつけ、裏庭を通って隣りの家の勝手口を叩いた。

「あんたか――」

鬢が真っ白になっている米七は、すでに別人のように窶れて、丸かった顔の頬骨が浮き出て顎がすぼまっている。

「通夜はもうとっくに仕舞いにしたんだ。俺たちは相模《さがみ》の出なんで、江戸に身内はいねえ。来たのは、たいして知りもしねえ奴らばかりで、あれこれ探りを入れてくるんで、すっかり、おま寿《す》がまいっちまってな。俺がお役人から聞いた話を、おま寿にしてなかったこともあって、はじめて他人様から娘の悪行を報されたのさ。けど、娘が主夫婦殺しの下手人だったかもしんねえなんて話、腹を痛めて産んだ母親にできるわけねえだろうが――」

「今、おま寿さんは？」

「主殺しの下手人は桃代であるわけはねえ、若旦那さんとの仲を妬《ねた》む奉公人の仕業に違えねえって、言っちゃあ泣いてを繰り返していたが、今やっと寝ついたところさ。それで俺は戸口を閉めたんだ。それまでは、おま寿が、どうしても若旦那の慎吉さんと伊助ってえ名の賄人を待つって、きかねえもんだから、戸口を開けておいたんだ。俺は桃代に主夫婦殺しの疑いがかかってる以上、若旦那をはじめ、みやび屋の人たちは誰一人来やしねえってわかってたんだが、おま寿の奴は、〝そんなことはない、あんなに桃代を好いてくれてた若旦那が桃代を下手人だなんて思うわけがない〟って一点張りで――」

「桃代ちゃんが伊助さんと親しくしていたことを、お二人は知っていたんですね」

「そりゃあ、もう、桃代はちょくちょく、うちへ文を寄こしてたからね。どんなに慎吉さんが優しいかっていう惚気《のろけ》が多かったけど、親切にしてくれてる、兄弟同然に育った伊助って人のことも時々書いてたな」

「その文は残っていますか？」

「俺もね、探してたところなんだ。実は、さっき、何も食べねえで泣き喚《わめ》いてばっかしのおま寿が心配で、あんたのところに清汁でも分けてもらおうと思って行ったんだよ」

米七の丸い目が尖《とが》った。

——さっきの話を聞いていたのだな——

「ああ、聞こえちまってね。これで、あんたたちまで桃代が下手人だって決めつけるんだろうと思うとたまらなくて、家に帰って、おま寿が寝つくのを待って、桃代の文を探すつもりでいたのさ。せめて、お隣りのあんたたちだけには、今までのことは嘘じゃなかったってえ証が立てたかった」

「探すのを手伝います」

「おま寿は大事に取っておいてたから、紙箱の中だとは思うんだが——」

桃代の文が見つかったのは、おま寿の柳行李《やなぎごうり》の中で、娘の婚礼用にと、亭主に内緒のへそくりで買い置いた、白絹の中に束ねて挟んであった。

九

桃代の文は十四、五通もあり、ほとんどが米七の言うような内容だったが、中に二通、以下のようなものがあった。

おとっつぁん、おっかさん

このところ、賄人の伊助さんのことを書かないのは、親切にしてくれなくなったからじゃないの。とってもいい人なんだけど、この人の方が、慎吉さんのことをよくよく知っているんだと思うとちょっと——。いけないよね、悋気《りんき》は損気だもの、伊助さんを大事に大事にしてる慎吉さんに嫌われちゃう。でも、やっぱり、ちょっと――。慎吉さんと二人になりたくても、慎吉さん、伊助さんと一緒のことが多くて――。あたしが慎吉さんのお嫁さんになってもこのままなのかと思うと――。

桃代

おとっつぁん、おっかさん
今日、慎吉さんと珍しく二人だけになれたの。うれしかった。その上、とってもいいことがあったのよ。何かというと、お内儀さんがあたしを名指しで、浅草にあるみやび屋さんの菩提《ぼだい》寺の松代《しょうだい》寺に帯を寄進してくるようにおっしゃったんですって。伝えてくれたのはもちろん、慎吉さんよ。何でも、信心深いお内儀さんはとっても、松代寺を大事になさっていて、このお寺のことは人任せには決してなさらないのに、代参としてわたしを選んでくだすったってことは、仲を許したってても同然なんですって。うれしいやら、ますます、身も心も引き締まるやら――。あ、それから、その帯っていうのが凄いの。金と絹糸だけで織られてる、見たこともない、きらきらの帯で総金糸錦っていうんですって、はじめて見たわ。金の仏像みたいな帯、おっかさんにも見せたかった――。
桃代

――そうだったのか――

合点した季蔵は、

「ところで、桃代さんはお酒を飲めない体質《たち》でしょう?」

念を押した。

「そうとも、おま寿似でからっきしだった。奈良漬《ならづ》けや白酒でも真っ赤になっちまうんだよ」

——それでも飲んだのは断りたくない相手の勧めだったからだろう——

「わかりました。断じて桃代さんは下手人などではありません」

季蔵は言い切って立ち上がり、

「そうか、信じてくれるのか」

米七は精進すいとんを啜って、

「おま寿が目を覚ましたら、こいつを温めて食わして話してやる。きっと喜ぶぜ」

目を瞬かせた。

塩梅屋に戻った季蔵は合点した事柄を頭の中で整理しつつ、今夜は自分なりに寝ずの番をしようと決めた。

——桃代さんは何が好きだったろう?——

さらなる供養のために、好きだった食べ物を作りたかったが、すぐには思いつかない。

厨の中を見回すと、太郎兵衛《たろべえ》長屋に邦恵《くにえ》が残していった柚酒《ゆず》が残っていた。

——武藤さん——

柚酒は武藤の思い出につながる。

――これは武藤さんの導きかもしれない――

詰め替えた小樽の中に、ぷかぷかと柚の輪切りが浮かんでいる。その様子が目映く明るかった。

――下手人でない桃代さんの行き先は極楽に決まっている。極楽の陽《ひ》の光はこのように温かく輝いていることだろう――

季蔵は、故郷が信濃《しなの》だという客の一人から、胡桃《くるみ》粉を貰い受けていたことを思い出し、柚酒風味のタルタを作ることにした。

――桃代さんは現世で最後に辛い想いをしすぎている。だから、春爛漫《らんまん》の陽の光を想わせて、気持ちまで明るくなるような黄金色のこの菓子で、是非とも、魂を癒《いや》してあげたい――

季蔵は小麦粉と菜種油、砂糖、卵黄でタルタの生地を作った。菜種油は手に入りにくい牛酪（バター）の代用だが、匂いの少ないものを選んで使っているので、気になる臭みはない。これをまとめて鉢に入れ布巾をかけてしばし休ませる。

この間に柚餡《あん》を作る。

柚の風味と相性のいい白隠元豆は、一晩寝かせないと柔らかく煮ることができないので、胡桃粉に菜種油、砂糖、卵、柚酒を混ぜて、柚餡代わりとした。

休ませてあった生地を麺棒で伸ばし、平皿に敷き込み、底面を箸でぽつぽつと穴を開けてまた少し休ませる。

これに胡桃粉の柚餡を流し、中心をくぼませ、厳選した厚さも色も申し分のない輪切りの大きな柚をのせて、大きく深い鉄鍋に蓋《ふた》をして中火で焼き上げる。

結構な時がかかって、柚風味のタルタが焼ける匂いが立ちこめる中、丑《うし》刻を告げる鐘が鳴った。

その時である。

油障子の向こうに、はあはあという荒い息と、

「俺だ、俺。季蔵さん、いるんだろう？」

という声が聞こえた。

――蔵之進様？――

急いで、心張棒を外して、油障子を引いた。

そこには、蔵之進が引き縄をつけたシロを連れている。シロは猛然と塩梅屋の中へと突進していく。

「おい、やめろ」

蔵之進は悲鳴を上げながら引きずられた。

「いったい、どうなさったのです？」

季蔵はシロの引き縄に目を丸くした。

――シロは亀吉親分に飼われていた頃から、引き縄を付けない犬のはず――

「銀杏《いちょう》長屋に行ったら、おまえさんがいなかったから、ここだと思って来たんだ。まずは水――」

言いかけてシロと目が合うと、

「いや、酒だ」

蔵之進は苦笑した。

季蔵は蔵之進には湯呑みで、シロには小皿に酒を注いだ。

「ああ、疲れた、疲れた」

蔵之進はぐいと飲み干し、シロも二舐《な》めで飲み干してしまうと、火から下ろしたばかりの柚酒風味タルタに向かって、ワンと優雅に一吠《ひとほ》えした。

「こっちは冷めたらやるから、待ってくれ」

今度は吠える代わりにシロは尾を振った。

「浅草に松代寺という、名刹《めいさつ》を気取っている寺があるだろう？」

「ええ」

浅草の松代寺と聞いて、季蔵は全身が緊張した。

――なにゆえ、また、松代寺なのか？――

「このところ、ずっと、昼日中、あそこの寺へこの犬が何度も押しかけて、本堂に上がろうとしていた。こいつは捕まえられて繋《つな》がれても、気位の高い坊主たちに吠えたて続け、縄を噛みきって、また中へ入ろうとするので、非情にも、寺侍の一人が斬《き》り殺そうとした。

幸い、墓参りに来ていた見知った者が飼い主の名を告げて連れ帰ってくれたのだ。それからというもの、俺はこいつの見張りで夜もろくろく眠れなかった。繋ぐと夜鳴きをし続ける。近所迷惑なので、仕方なく、こいつが疲れ果てるまで、市中を一緒に歩き回ることになる。前のように放したら、一目散に松代寺へ行って、今度という今度は斬り殺されるだろう。そんなことを続けているうちに、こいつの以前の手柄のことを思い出して、松代寺には何かあるのではないかと思えてきた。それで今夜、とうとう――」

そこで蔵之進は膨らみすぎているように見えていた胸元から、金色に輝く帯を取り出した。

「俺も盗《ぬす》っ人《と》まがいになって、一緒に寺の蔵に忍び込み、こいつの目当てを探し当ててしまった。もちろん、屈強な寺侍が好きな賭場《とば》へ行く日だと突き止めてのことだったが――」

――これは金糸錦――

季蔵は驚愕《きょうがく》を隠せなかった。

「何だ？　これに何かあるのか？」

「僅かですが、酒の匂いが残っています」

「それには俺も気づいていた。しかし、何で、シロは酒の染み付いているこの帯を狂ったように探したのか？」

「シロにはわたしたちには、はかりしれぬ嗅ぐ力があります。騙し蔵が行われた嵯峨屋《さがや》の空き蔵の床に、染みていたのと同じ匂いを、その帯に嗅ぎ当てたのではないかと思います」

季蔵の指摘に、

「なにゆえ、そこまではっきりと言い切れるのか？」

蔵之進が首をかしげた。

「実は――」

隣りの煮売り屋の娘が、邪悪な企《たくら》みの犠牲になって命を落とした悲運に、騙し蔵を行って、金だけではなく、二人もの手下を手に掛けた極悪人の悪行がつながっているのではないか、と話した。

「殺された桃代さんの残した文から気づかされたのです。金を騙し盗られた吉富のご主人が見たという年増の美女は、女に化けたみやび屋の慎吉にちがいありません。おけいという新造《しんぞう》に声を掛けて雇い、慎吉の着ていた中振り袖を渡して、市中を歩かせたのは、やはり、女の形《なり》をしていた伊助でしょう。吉富のご主人が慎吉の着ていた中振り袖の絵柄を、覚えているかもしれないことを逆手に取って、お上の調べを攪乱《かくらん》しようとしたのです」

「二人は男同士が好き合う男色だったのか。悪党どもは、初めから、桃代という初心《うぶ》な娘を餌食《えじき》にするつもりだったのだな」

蔵之進の声が怒りで震えた。

「中振り袖を取り戻した後は着て歩いたおけいさんの口も塞《ふさ》ぐつもりだったのでしょう。

しかし、おけいさんは中振り袖を古着屋に売り、駆け落ちしてしまった。駆け落ちしていなければ、危ないところでした。総金糸錦の帯の方も、嵯峨屋の蔵で慎吉が身に付けていたものです。これはおそらく、中振り袖より格段に高価なので、攪乱に使うこともできず、惜しくて焼き捨てられずに、ひとまず松代寺に寄進という形で隠し、ほとぼりが冷めたところで、盗っ人を装うか、雇うかして、取り戻すつもりだったはずです。酒樽が倒れて染みついてしまった酒の匂いが、まさか命取りになるとは夢にも思っていなかったでしょうね」

季蔵が話し終えるのを待っていたかのように、シロがワワンと甘い声でねだった。

「そういえば腹も空《す》いている」

蔵之進も洩らし、

「冷めたのは、変わった匂いでわかるのかもしれないな」

呟いた季蔵は柚酒のタルタを切り分け始めた。

十

シロと共に蔵之進がタルタを食べ尽くして帰って行った後、季蔵は桃代のために残した一切れに向かって手を合わせると、離れへと移り、長次郎《ちょうじろう》の仏壇の前に座った。

すでに夜は白み始めている。

——とっつぁん、ここはいったい、どうしたらいいのでしょうか？——

シロが酒の染みた帯を嗅ぎ当てたのはお手柄だが、この事実を突きつけたとて、みやび屋の悪党二人をお縄にすることはできない。

「犬が突き止めた証が認められるわけもない。嵯峨屋の蔵の床や殺された長助に染みていた酒の匂いと、松代寺にあった帯の匂いが同じだと、嗅ぎ当てる力など人にはないからだ。たまたま、酒をこぼしてそれが染みた、よく似た金糸錦の帯にすぎないと惚《とぼ》けられてしまえば終いだ」

帰り際の蔵之進は深いため息をついていた。

――やはり、わたしがこの手で――

烏谷《からすだに》に成敗を命じられる時に用いる、匕首《あいくち》の閃光《せんこう》に似た白さが頭をよぎった。

――しかし、それで本当にいいのか？――

人知れず、成敗したのでは、みやび屋の主夫婦を殺めたのは、邪恋の鬼と化した桃代のままになる。

――これでは、桃代さんが浮かばれないだけではなく、米七さん、おま寿さんにも救いがなさすぎる。

すると、どこからか、〝お上とて時には人〟と、きっぱり言い切る声が聞こえたような気がした。

――とっつぁんなら、こんな時――

――とっつぁん？――

翌早朝、季蔵は慎吉、伊助の悪事のすべてを文にしたためて、烏谷のところへ使いの者を走らせた。

烏谷からの返事は昼過ぎに届き、季蔵は急な時に落ち合う、水茶屋の二階に呼ばれた。

烏谷は一足先に着いていた。

すでに人払いがされている。

「そちの文にあったこと、蔵之進からも聞いている。いいか、騙し蔵の一件、わしも見逃していたわけではないぞ」

開口一番、緊張した面持ちの烏谷は低めた声で告げた。

「騙し蔵を仕掛けるには、使われていない蔵が必要だ。それで、廃屋になっている商家の蔵という蔵に、ずっと人を張りつかせていた。騙し蔵ほど楽に大金が稼げる騙《かた》りはないゆえ、必ず繰り返すはずだと睨《にら》んでいた。だが、なかなか尻尾《しっぽ》を出さず、焦《じ》れていたところだった。老舗の扇屋の若旦那と親密な奉公人が、二足の草鞋《わらじ》を履いていたのなら、しばし動かなかったのもよくわかる。みやび屋の財をすぐにも我が物とするため、殺しの工作に忙しかったのだろう。だが、こやつら、今頃、また仕掛けたくてうずうずしているはずだ」

「主夫婦、つまり慎吉にとっては両親を殺して、みやび屋を自由にできることになったのです。当分は騙し蔵を仕掛けなくても、遊ぶ金には不自由しないのでは？」

「みやび屋は老舗だけに、幕府の御重職方や京の公家たちとの縁もあって、いろいろと物入りで、表看板ほど潤ってはおらぬ。店や金を自由にできて、気楽に暮らせると思ったのは、とらぬ狸《たぬき》の皮算用だったわけだ」

「さらなる悪事の計画を練っているというわけですね」

「悪事は食い物や色事に似ている。美味しい想いは忘れられぬものゆえな」

「それでは――」

季蔵は息を詰めて烏谷の指図を待った。

「わしに訊くまでもなく、わかっておろうに」

烏谷は丸い目をさらに丸くして、わははと笑った。

「よろしいのですね」

季蔵は念を押した。

「ただし、あやつらを騙し返して捕縛する折には、田端に松次、蔵之進だけではなく、わしも立ち会う」

聞いた季蔵は内心あっと叫んだ。

田端、松次、蔵之進だけでも、北と南の同心と岡っ引きが集っている。

これに烏谷まで加わると、この一件は北町奉行所がけりをつけたことになる。

「亀吉亡き後、蔵之進の他にはこれと言って、役に立つ働きのできる者が南にはおらなんだ。これではとても、亀吉の仇は討てないと言う蔵之進に、わしもその通りだと思い、皐《さ》月《つき》に入っても、田端や松次に引き続き探索を命じていた。亀吉が命を落とす羽目になった騙し蔵の一件と、関わりのない大事はすべて、北で引き受け、蔵之助に騙し蔵の下手人探しだけに、全身全霊を傾けさせてやりたいとはからったのだ。奇《く》しくも、みやび屋の主夫婦殺しと、騙し蔵がつながっていたとはな。実はこのところ、吉川様《よしかわ》より、厳重な抗議の文がわしのところへ届いている。役に立たぬ癖に縄張りに拘《こだわ》る部下の讒言《ざんげん》に耳を貸し、苦情を申されるのだ。双方、力を合わせると決めたというのに、これほど馬鹿げたことはない。上に取り入って、風流にばかり、うつつを抜かすのが奉行の務めではないと、胆に命じておわかりいただかねばならぬ」

そう言って、烏谷は口をへの字に結んだ。

昨年の秋に南町奉行に着任した吉川直輔《なおすけ》は、学問と風流を愛する名門の出ということもあって、奉行職も出世の途上と見なしていて、ことなかれ主義が流儀のようである。

――やっといつものお奉行様らしくなった――

この吉川が、叩き上げで北町奉行にまで上り詰めた烏谷には眩《まぶ》しく、一歩も二歩も退いている感があったのである。

「悪党どもを釣り上げるお膳立てはわしがする」

得意そうに目を大きく剝いた烏谷は、翌々日、廻船《かいせん》問屋長崎屋の主五平《ごへい》の文を届けてきた。

一通はみやび屋の慎吉宛《あて》でもう一通は季蔵宛だった。

季蔵宛てには以下のようにあった。

季蔵さん

お奉行様のたっての頼みにより、今回は安い下り酒に手を出すという、欲深な役回りを演じることになりました。噺家《はなしか》を目指していた我が身とあっては、騙されて大枚を失っても演じてみたい役どころです。といって、その通りになってしまったら、女房のちずに叱られてしまいますが――。お奉行様には悪者を捕らえて後は、この経緯《いきさつ》を噺にしてもよいというお許しをいただいています。欲深だが間抜けに騙されるという筋書きの中で、わたしの使者という役どころをどうか、巧みに演じてください。

五平

季蔵と長いつきあいの廻船問屋長崎屋の主五平は、二つ目まで修業に精進した元噺家だった。恋い焦がれて女房にしたのは、娘義太夫《むすめぎだゆう》で人気を集めた水本染之介《みずもとそめのすけ》こと、ちずであった。

さらにその翌日、季蔵はみやび屋を訪れて、五平が書いたみやび屋宛の文を主になった慎吉に渡すよう、今は大番頭と呼ばれている伊助に託した。

その際、父親に勘当されていた頃の五平との馴《な》れ初めを話して、

「お内儀さんとの間に跡継ぎの男の子もできて、今は噺家よりも商いの方がよほど大事なようです。それで、この時季、品薄になっている下り酒の商いを大きくなさりたくなったのでしょう」

ふと洩らしたふりをすると、伊助の表情が表れにくい四角い顔がにっと笑った。

こうして、季蔵が仲立ちして、何度かの文の行き来があり、首尾よく、下り酒の取り引き、騙し蔵が廃屋となっているある店の蔵で行われることになった。

慎吉と伊助は二人とも、正体を隠すために、女の形で姿を現した。

酒樽運びの役はすぐには見つからなかったようで、女の形の伊助が息を切らしながら、下り酒が入った一樽以外は、水樽ばかりの荷を担ぎ上げていた。

商談成立となった時、

「みやび屋主慎吉、並びに大番頭の伊助。騙し蔵の罪状にてお縄とする。神妙にせよ」

かっと大きな目を見開いた烏谷が、割れんばかりの大声で叫ぶと、震え上がった二人は身じろぎもできなくなり、大人しく縛に就いた。

観念した二人は罪を認めた。

「亀吉を呼び出したのは、あいつが生きていたら、この先、騙し蔵の美味しい仕事ができにくくなると思ったからだよ。殺そうとした矢先、死んでくれて助かった。とにかくあいつは俺の昔を知ってたからね。たしかに幼な友達の仁太郎は誤って死なせたんじゃない。ちょいと気に入った奴だったんで、可愛《かわい》がってやろうと思って、手を握ったら、振り放されたので癪《しゃく》に障ったのさ。だから、石見銀山鼠取りを混ぜた最中を食わせたのさ。それを亀吉の奴は突き止めちまったんで、こっちへ帰ってくる時、死んでてくれてればいいと思ったほどだ。ところがしゃんと生きてて、名親分なんて言われてて、俺のこいつまで知ってやがって――」

そこで慎吉はいつも握っている拳を開いて、中指が親指ほどの長さの左手を見せると、

「後悔？　ははは、してるわけないだろう。してりゃ、両親まで殺したりはしないさ」

笑いながら平然と言い放った。

伊助の方は、

「わたしは慎吉さんのすべてが好きでした。もちろん、悪いところも全部。あの男《ひと》のためなら命は少しも惜しくありません。できれば、処刑は同時にしていただけませんか。地獄に堕《お》ちるのも一緒がいいんです。お願いですから――」

目に涙まで溜《た》めてしきりに乞《こ》うたという。

二人の裁きは異例の早さで執り行われ、二十日後には、市中引き回しの上、極刑に処せられた。


その日、ふらっと塩梅屋に立ち寄った蔵之進は、卵かけ飯を食べ終わると、

「終わりよければ始末よし」

と戸口で呟いた。

つばめ屋の米七は、

「獄門台に載った二人の首を見届けてきたよ。これで何とか桃代も往生できる」

明日にでも、市中を離れる旨を季蔵に告げにきた。

「そろそろ、つばめの雛が飛び立つ頃なんだが、桃代があんなことになって、次の年もつばめが来て、子育てを見るのかと思うと辛くてさ。楽しみだったつばめが苦になってきた。桃代が小さくて可愛かった頃を思い出すから――。そうじゃねえな、つばめのせいなんかじゃねえ、ここにいちゃ、どんなものを見ても桃代を思い出すんだ。だから、俺たちはここじゃあ、もう、生きられねえんだよ」

切々と話す米七に季蔵は黙って頷いた。

こうして米七夫婦は旅立って行った。

「つばめ、飛んでったわ」

おき玖が告げて、

「何だか、寂しいっていうか、どう仕様もなく、やりきれない気分。急に甘いものが食べたくなっちゃった」

切なそうに呟くと、

「おいらも」

三吉が同調した。

「いいかもしれません」

季蔵は三吉に白餡作りを頼んだ。

翌日、白隠元豆を使った柚風味の白餡がどっさり出来上がり、季蔵はこれを二台分の夕ルタ生地に入れて焼き上げた。

「美味しいわねえ。最初につんと来て、ぱーっと口の中に、さわやかな香りと甘さが円《まろ》やかにあふれるんだもの、たまらない」

おき玖は目を細めて、

「柚は冬場のものだけど、お陽様色のこのお菓子は春そのもの。何っていう名なの？」

「柚酒を使うので柚酒タルタと――」

「駄目だめ、そんなの――。これはそう、春タルタよ。どんなに厳しい寒さでもいずれは春に癒される。希望の春タルタ」

――いいな――

季蔵は春タルタとおき玖の両方に微笑んだ。

「さてと――」

おき玖は春タルタを皿ごと、紙で覆って、風呂敷で包むと、

「行ってらっしゃい。瑠璃《るり》さんだって、美味しいお菓子は好きなはずよ」

季蔵を追い出すように南茅場《かやば》町へと向かわせた。

ワン。

途中、また常のように放されているシロが季蔵の足を止めた。口に遅咲きのタンポポを咥えている。

「なるほど、考えたな。それと引き替えにご相伴《しょうばん》か？」

季蔵が春タルタの入った風呂敷をかざすと、
ワン。

シロがタンポポを落とした。

拾い上げた季蔵は、タンポポの目映い黄色に、瑠璃の笑顔が重なって見えたような気がした。

——これをタルタに添えたら、黄色と黄色でまばゆくあたたかい。瑠璃に見せてやろう——

瑠璃が喜ぶ様子が見えるようだと思い、珍しく、季蔵は幸せでならない気分になった。

ワン、ワン、ワン、ワン。

さらにシロは四度吠えた。

「そうだった、四度は最高の褒め言葉だったな」

歩き出した季蔵の後を、心得た様子でシロがついてくる。

——季蔵さん——

この時なぜか、季蔵は武藤の声が初めて聞こえた。

——それがしに遠慮などせずに、どうか、今のその幸せを積み重ねて行ってください。それがそれがしへの何よりの供養です——

「ありがとうございます」

季蔵は口に出して礼を言った。

〈参考文献〉

『柚子のある暮らし』中村成子（文化出版局）

時代小説文庫

わ 1-26

花《はな》見《み》弁《べん》当《とう》 料理《りょうり》人《にん》季蔵《としぞう》捕物《とりもの》控《ひかえ》

著者 和《わ》田《だ》はつ子《こ》

2014年3月18日第一刷発行

発行者 角川春樹

発行所 株式会社 角川春樹事務所
〒102-0074 東京都千代田区九段南2-1-30 イタリア文化会館

電話 03(3263)5247[編集] 03(3263)5881[営業]

印刷・製本 中央精版印刷株式会社

フォーマット・デザイン&シンボルマーク 芦澤泰偉

ISBN978-4-7584-3813-1 C0193

http://www.kadokawaharuki.co.jp/[営業]
fanmail@kadokawaharuki.co.jp[編集] ご意見・ご感想をお寄せください。